CLARISSA SANDER

Schwarze Koralle

Roman

Die attraktive Fernsehjournalistin Maren Hofstetter hat eigentlich alles, was sich eine Frau wünschen kann: einen interessanten Beruf, einen erfolgreichen Mann, eine luxuriöse Wohnung und ganz zu schweigen von der Bewunderung, die ihr überall, wo sie erscheint, zuteil wird. Doch eines Tages hat Maren all dies satt, und kurzerhand bucht sie einen Flug in die Karibik. Und dort, auf einer traumhaft schönen Insel, genießt sie Wochen eines lang entbehrten, rauschhaften Glücks, in denen sie die alte Haut abwirft und neue Lebensfreude gewinnt.

CLARISSA SANDER
Schwarze Koralle

Roman

PORTO BELLO

Umwelthinweis:
Alle bedruckten Materialien dieses Taschenbuches
sind chlorfrei und umweltschonend.

Portobello Taschenbücher erscheinen im Goldmann Verlag,
einem Unternehmen der Verlagsgruppe Random House GmbH.

Einmalige Sonderausgabe August 2002

Umschlaggestaltung: Design Team München
Umschlagfoto: Mauritius/Nonstock
Druck: Elsnerdruck, Berlin
Verlagsnummer: 55288
KvD · Herstellung: Lisa Weber
Made in Germany
ISBN 3-442-55288-5
www.portobello-verlag.de

1 3 5 7 9 10 8 6 4 2

1

Sie hatte alles: einen vielseitigen, gut bezahlten Job, einen gutaussehenden, erfolgreichen Mann, schicke Kleider, eine luxuriöse Wohnung, Freunde, einen hübschen Kleinwagen. Sie sah attraktiv aus, konnte sich teure Kosmetika leisten. Sie führte ein geselliges, bewegtes Leben, und sie hatte Orgasmen. Es mußte ihr einfach gut gehen.

Sagte sich Maren Hofstetter, als sie eines Montagmorgens im zerknitterten Seidenpyjama vor dem Spiegel stand und sich lustlos ins Gesicht blickte. Diese Aufzählung war unentbehrlich für sie geworden. Sie leierte sie häufig tonlos vor sich hin, und manchmal gelang es ihr tatsächlich, damit eine Stimmungsverbesserung zu erzeugen. Sie hatte auch eine ausführliche Version davon, bei der sie in Einzelheiten ging, die interessanten Abende, die Erfolgserlebnisse im Sender, ihre neuesten Anschaffungen zusammenzählte, die Party bei Katharina und Michael, die Reportage über weiblichen Sex-Tourismus, die beim leitenden Redakteur bestens angekommen war, das lang ersehnte Escada-Kostüm. Das Problem war nur, daß in den letzten Wochen keine der beiden Varianten der Litanei mehr Wirkung zeigte. Sie fühlte sich einfach trostlos. Sie trug ihre schönen farbigen Kleider und wäre am liebsten in Schwarz gegangen. Sie war ständig müde, fand alles langweilig und sinnlos. Sie hatte auf nichts mehr Lust. Und das Schlimmste war: Sie wußte nicht, warum.

Sicher, es war November. Natürlich, sie hatte seit zwei Jahren keinen längeren Urlaub mehr gemacht. Frank und sie waren sich darin einig, daß sie sich beide erst einmal auf ihre neue Arbeit konzentrieren wollten. Außerdem arbeiteten die Kollegen auch ununterbrochen, und sie gaben ihr zu verstehen, daß sie gebraucht wurde. Was schließlich auch ein gutes Gefühl war.

Machten sie und Frank etwas falsch? Ihr fiel nichts ein. Erst neulich hatte er sie ins »Tavola« ausgeführt, sie hatten sich angeregt unterhalten, danach hatte er ihr zu Hause die neuen Dessous vom Leib gestreift, und sie hatten sich heftig geliebt. Das sah doch nach einer guten Ehe aus, oder? Vielleicht hätte Irina ihr einen Rat geben können, aber das war ja wohl nun vorbei. Irina. Maren tauchte ihr Gesicht in zwei Hände voll lauwarmen Wassers. Sie quetschte einen grünen Wurm Zahnpasta auf die Bürste und schrubbte sich heftig die Zähne. Sie massierte ihre Tagescreme in ihre noch schläfrige Haut. Dann kletterte sie aus ihrem Pyjama und stieg unter die Dusche. Ihr war kalt, obwohl das Badezimmer ausreichend beheizt war.

Sie drehte den heißen Strahl auf, ließ ihn auf den Bauch, auf die Schenkel prasseln. Irina. Sie fehlte ihr. Seit einem Jahr hatten sie nicht mehr miteinander gesprochen. Seit der Hochzeit. Zur Trauung selbst war sie nicht gekommen, weil sie angeblich nicht früher weggekonnt hatte. Lächerlich. Franks Schwester war dann ihre Trauzeugin gewesen. Beim Fest war Irina dagewesen, aber ohne Hagen, ihren Freund, und sie hatte gezwungen, gekünstelt gewirkt. Und als Maren atemlos von einem Tanz zurückgekommen war, hatte Irina gesagt: »Und du bist sicher, daß es das Richtige für dich ist?« Wobei sie natürlich »der Richtige« gemeint hatte. Maren hatte ihr das nie verziehen. Irina wußte es. Sie war kurz darauf mit Hagen nach Köln gezogen, weil er dort einen guten Job in einem Museum bekommen hatte, mit dem er seine Malerei finanzieren konnte. Und Irina hatte ihre hervorragende Stellung in der Leitung der Sprachenschule aufgegeben und war einfach mitgegangen. Aus Liebe. Maren fand das unsinnig und unmodern. Diese Entscheidung hatte zu ihrer Entfremdung beigetragen.

Aber Maren vermißte die Freundin. Ihr lautes Lachen, ihre blitzenden Augen, die wilden Locken, den breiten, lachenden Mund. Ihre unkonventionelle, zupackende Art. Irina scherte sich einen Dreck um die Meinung der Leute. Sie waren innerlich und äußerlich grundverschieden, aber sie kannten sich seit ihrer Kindheit, und sie wußten fast alles voneinander. Nur mit Frank war Irina nie zurechtgekommen, die beiden waren wie Katz und Maus gewesen.

Maren trocknete sich ab, rieb sich mit ihrer Chanel-Bodylotion ein. Sie machte alles automatisch, spürte nicht, was sie tat. Irgend etwas in ihrem Kopf begann zu brodeln. So konnte es einfach nicht weitergehen. Seit Wochen schleppte sie sich durch die Gegend wie ein Kartoffelsack, schwer, stumpf, mit sich uneins. Sie reagierte gereizt auf Frank und die Kollegen, konnte schlecht einschlafen.

Vielleicht konnte sie mit Eberhard darüber reden. Der machte immer so einen überlegenen, ausgeglichenen Eindruck. In ihren ersten Monaten beim Sender hatte er ihr häufig geholfen, ihr gut zugeredet, wenn sie zitternd vor dem Computer gesessen und nicht gewußt hatte, wie sie in einer halben Stunde einen Beitrag schreiben sollte, hatte wohlmeinend ihre Fehler korrigiert, ihr Anregungen für neue Ideen gegeben und ihre Position bei den anderen Kollegen gestärkt. Eberhard war ein echter Freund.

Glücklicherweise fand sie ihn völlig unerotisch mit seiner eckigen schwarzen Brille, seiner Halbglatze und seinem Bäuchlein; damit waren ihnen amouröse Verwicklungen erspart geblieben. Ob er das allerdings auch so empfand, war ihr nie klar geworden. Sie wollte es auch nicht wissen. Sie brauchte Eberhard. Er stand über den Dingen.

Eberhard biß in ein Gummibrötchen und musterte sie mit einem nachdenklichen Blick aus seinen klugen grauen Augen, genau wie Maren es sich erhofft hatte. Sie rührte nervös in einer Tasse Kaffee und würgte ab und zu einen Bissen von einem trockenen Stück Streuselkuchen hinunter. In der Kantine des Senders roch es wie immer widerlich nach Gulaschsuppe. Gestreßte Kollegen hetzten vorbei und grüßten flüchtig, andere rauchten Kette und ereiferten sich über Entscheidungen des Programmdirektors. Zum ersten Mal fiel ihr auf, wie angespannt und ungesund die meisten aussahen.

»Es ist – ich hab' einfach an nichts mehr Spaß«, sagte Maren mit gesenktem Kopf.

Eberhard kaute. Dann schluckte er das Stück Brötchen hinunter und sagte: »Willst du dir mal meine Sendung über Gregory Isaacs anhören?«

Sie nickte, achselzuckend. »Ja, schon.« Was so viel hieß wie: Sag mir doch bitte, was ich tun soll.

Eberhard tat ihr den Gefallen. »Du solltest mal raus aus allem«, sagte er. »Fahr nach Jamaika. Das ist ein Land mit Heilkraft. Und fahr allein. Zwischen dir und deinem Kerl stimmt was nicht.«

Maren stieg das Blut ins Gesicht. »Wie meinst du das?« fragte sie wütend. Sie würgte an dem Wissen, daß er womöglich recht haben könnte.

Eberhard zuckte leicht die Achseln. »Ich kann's dir nicht erklären«, sagte er. »Es ist was, das man spürt. Du hältst etwas zurück. Du lebst nur auf halber Flamme. Warum, weiß ich nicht. Aber ich glaube, daß es dir deshalb jetzt schlecht geht.« Er verspeiste den Rest des Brötchens, fragte: »Willst du den Kuchen noch essen?«, und als sie wortlos den Kopf schüttelte, scham- und wutrot, daß er sie quasi als Lügnerin hatte entlarven können, sagte er: »Komm, wir hören uns die Sendung an« und stand auf.

Sie erhob sich auch, widerstrebend jetzt, und sie marschierten eine Weile stumm nebeneinander her durch die gesichtslosen grauen Flure mit dem schleimgrünen Linoleumboden.

»Ich weiß, daß du jetzt gekränkt bist«, brach Eberhard irgendwann das Schweigen, »aber du hast mich gefragt. Außerdem beobachte ich schon seit einer Weile, daß du immer verschlossener wirst. Das steht dir überhaupt nicht. Ist doch ein Jammer um so ein nettes Mädchen.« Er grinste entwaffnend und hielt ihr die Tür zu seinem Büro auf.

Wider Willen mußte sie ein bißchen lachen, dann tief seufzen. Er hatte wahrscheinlich recht. Aber es war erschreckend, darüber nachzudenken. Nach vier Jahren Beziehung, einem Jahr Ehe am Ende? Und das scheinbar ohne Grund?

Aber während sie auf dem Besucherstuhl saß, Eberhard in seinen Regalen nach dem Band kramte, schossen Erinnerungen wie Schocktorpedos durch ihr Hirn: wie sie schon in der Frühzeit ihrer Beziehung Eigenarten von Frank als extrem störend empfunden, aber nicht darüber gesprochen hatte, aus Feigheit, wie ihr jetzt klar wurde; wie ihre Stimme im Laufe der Jahre immer härter geworden war, wenn sie mit Frank sprach – sie wußte auch immer, was kommen würde von ihm, sie war nie mehr überrascht oder neugierig; wie sie deshalb insgeheim eine gewisse Verachtung empfand, und da er das sicher wußte, hatte er begonnen, sie auf seine Weise zu piesakken, sie als hysterisch zu brandmarken, wo es ging; wie endlich auch ihr Körper sich bei ihm nur noch die nötige Entspannung verschaffte. Sie war nie mehr bereit für Abenteuer, auch hier wußte sie, wie es passieren würde, und sie hatte sich eingeredet, befriedigt zu sein. Höhenflüge gab es keine, und plötzlich spürte sie die lange verhohlene Sehnsucht danach, nach der ganzen Kraft, der ganzen Lebendigkeit, der ganzen Fähigkeit zur Lust. Sie war niemals dort angekommen, wo sie immer hingewollt hatte, aber weil Frank und sie so gut zusammenzupassen schienen, hatte sie sich etwas vorgemacht. So ein hübsches Paar, hatten sie immer wieder gehört: beide groß, schlank, Frank breitschultrig, mit einem klassisch gutaussehenden Gesicht, sie dunkelblond, langbeinig, mit großen Augen, einer geraden Nase, einem Mund, den sie selbst aber immer etwas zu schmal fand. Überhaupt fand sie sich zu eckig, zu knochig, zu unfeminin. Ihre Kolleginnen beneideten sie um ihre Figur, aber ihr waren ihre Brüste zu klein, ihre Hüften zu schmal, ihr ganzer Körper zu fest. Sie wäre lieber ausladend, üppig, offensichtlich sinnlich gewesen. Wie Irina.

Sie spürte plötzlich, daß ihre Schultern schmerzten von der vielen Schreibtischarbeit, daß ihr Magen wehtat, daß sie sich unendlich müde fühlte.

»Love me or leave me, girl«, drang eine schmeichelnde, seltsam süße und doch männliche Stimme an ihr Ohr. Der Damm brach.

»Einer seiner besten Songs ist ›Everything's gonna be allright‹«, sagte Eberhard und reichte ihr ein Tempotaschentuch.

Sie quälte sich durch die nächsten Tage, schwer von dem schwelenden, gärenden Wissen, daß sie eine Entscheidung treffen mußte. Sie saß mit Frank beim Frühstück, löffelte ihr Kraftmüsli, das ihr nicht schmeckte – sie aß überhaupt nichts mehr gern, alles schmeckte strohig und künstlich –, und versuchte ein Gespräch aufrechtzuerhalten. Frank spürte, daß etwas nicht in Ordnung war, aber er fragte nicht nach. Er wußte nicht, wie man so etwas machte.

Abends sagte sie, sie sei müde, und drehte sich auf die Seite. Am dritten Abend hatte sie nicht mehr die Kraft dazu und fügte sich in einen lieblosen Geschlechtsakt; ihr war dabei zumute, als sei sie aus Zement und habe die verdammungswürdigste aller schwarzen Seelen. Sie war ein Unmensch. Sie log und betrog, aber sie hatte auch solche Angst vor dem Alleinsein und solche Angst vor Franks Reaktion. Andererseits: Sollte sie den Rest ihres Lebens vor sich hinvegetieren, in einem hart gewordenen Körper, mit einem ummauerten Geist, bis an ihr Lebensende?

Am nächsten Morgen wartete sie, bis Frank zur Arbeit gegangen war, dann legte sie eine Peter-Tosh-Scheibe auf, die sie schon immer geliebt hatte, und hörte »Buckingham Palace«, einen Song voll wilder Sehnsucht und rebellischer Energie. Danach rief sie Irina an. »Irina, hier ist Maren«, sagte sie in die leere Leitung hinein, nachdem die Freundin sich gemeldet hatte.

»Maren«, sagte Irina. Sie klang überrascht, nachdenklich und leicht alarmiert. Sie spürte, daß die Lage ernst war. Das Verständnis zwischen ihnen funktionierte, ganz wie früher. »Was ist los?«

»Ich brauche deinen Rat«, sagte Maren und erzählte, wie ihr schien: wirr und unzusammenhängend, von den letzten Wochen.

Sie sprach eine halbe Stunde mit Irina. Dann legte sie auf, vervollständigte ihr Make-up und ging zur Arbeit. Sie bearbeitete ein Manuskript für eine bevorstehende Sendung, vergab zwei weitere Themen, tippte ein paar Briefe und machte einen Zeitplan. Was mußte getan werden, wenn sie fünf Wochen wegsein würde? Sie rief Eberhard an und sagte: »Ich werde deinen weisen Rat befolgen. Ich fahre nach Jamaika. Kannst du mir ein paar Tips geben?«

Kurz darauf klappte die Tür. Eberhard kam herein, grüßte charmant die Sekretärinnen im Vorraum, die ihn ungeachtet seines sonderlichen Äußeren – heute trug er wieder ein Paar ausgebeulte braune Cordhosen und ein graues Tweedjackett mit einem blaugelb gemusterten Hemd dazu – geradezu liebten. Seine Brillengläser funkelten. Es konnten aber auch die Augen sein. »Lady«, sagte er und ließ sich auf den Besucherstuhl fallen, »du machst es richtig. Ich hab' dir was mitgebracht.« Er schob ihr zwei Kassetten über den Tisch. Auf der einen stand »Queen of the Mountain«, auf der anderen »Feeling Irie«. »Wirst du brauchen können«, sagte er. »Burning Spear und der Cool Ruler, wie sie Gregory dort nennen. Hör gut hin, da lernst du was über das Land.«

»Danke«, sagte Maren und schaute auf die Tischplatte, um ihre Rührung zu überspielen.

»Und mach die Jungs da nicht fertig«, grinste Eberhard. »Mit feministischen Anwandlungen haben die nichts am Hut. Da mußt du dich schon darauf einlassen. Jedenfalls«, holte er aus, »ich denke, daß es am besten für dich ist, erst mal nach Negril zu fahren. Du wirst wahrscheinlich in Montego Bay landen. Dann schnappst du dir eine dieser Rostschüsseln, die vor dem Flughafen herumstehen, das sind die Taxis. In einer Stunde bist du am schönsten Sandstrand, den du je gesehen hast, und blickst auf das türkisblaueste Meer, das dir je untergekommen ist. Ich denke«, er kratzte sich am Kopf, »du solltest im ›SamSara‹ wohnen. Das gehört Sara, einer weißen Amerikanerin. Ist so ein bißchen geschützte Atmosphäre, was am Anfang bestimmt für ein zartes Mädchen ganz gut ist. Ich kann Sara anrufen, wenn du möchtest. Von da aus kannst du dir das Land selbst erobern. Wie klingt das?«

»Hervorragend.« Maren stockte. »Danke, Eberhard. Für alles. Mir geht's schon viel besser.«

»War mir ein Vergnügen. Leidende Kolleginnen setzen mir immer fürchterlich zu. Gib auf dich acht, Kleines«, er zwinkerte, »und genieß es. Ich erwarte die ultimative Coolness bei deiner Rückkehr.« Er hob in einer stoisch-lässigen Geste die Hand und wanderte von dannen, nicht ohne von den Sekretärinnen ein seliges »Wiedersehen, Herr Herzinger« hinterhergezwitschert zu bekommen.

Etwas in Maren jubelte und hüpfte auf und ab vor Freude. Es konnte losgehen. Sie würde neu anfangen. Sie würde Abenteuer erleben. Sie würde erwachsen werden. Sie würde für sich selbst verantwortlich sein. Sie war frei. Nur die Aussprache mit Frank stand noch bevor. Aber sie würde sich nicht beirren lassen, nicht durch ihre Ängste, nicht durch seine Fassungslosigkeit. Und nach der Arbeit würde sie ihr Ticket buchen. Damit es kein Zurück mehr gab.

Montego Bay. Mandeville. Jamaika. Namen, die ihr auf der Zunge zergingen, die Klischeebilder von säuselnden Palmen, strahlenden schwarzen Mädchen, stolzen schwarzen Männern in ihr aufsteigen ließen; Piraten, weißer Sand und eine verträumte Leichtigkeit wie in der Rum-Werbung im Kino. Würde es so sein? Karibik. Sie starrte auf eines dieser lockenden Plakate, während sie im Reisebüro auf ihre Buchung wartete. »Den nächstmöglichen Termin«, hatte sie gesagt. Die junge Frau, die sie bediente, hatte sie kurz gemustert, aber nichts geäußert. Nur später, als entschieden war, daß sie in vier Tagen würde fliegen können, hatte sie gelächelt, ihr viel Spaß gewünscht und gesagt: »Es ist sehr schön dort.«

Der leitende Redakteur hatte zuerst die Augen aufgerissen und dann die Stirn gerunzelt. »Wie stellen Sie sich denn das vor?« hatte er zuerst wissen wollen. Maren hatte ihm kategorisch erklärt, wie sie es sich vorstellte. Und daß sie seit zwei Jahren keinen längeren Urlaub mehr gehabt und der vor kurzem eingestellte Volontär hier eine Möglichkeit habe, sich zu bewähren. Er sei pfiffig und interessiert, hatte sie fest gesagt, und alles andere müsse eben ohne sie gehen. Sie werde alles vorbereiten. Nach der unvermeidlichen Showeinlage vom Anfang hatte er dann geseufzt, ihr gesagt, daß er sie gut verstehen könne, und ihr einen schönen Urlaub gewünscht. Das war das.

Sie nutzte erstmalig ihren Dispo-Kredit. Wozu war das blöde Ding schließlich da? In ihrem Lieblings-Dessous-Laden kaufte sie einen melonenroten, an den Beinen hoch geschnittenen Bikini mit einem Oberteil, das ihre Brüste ein klein wenig hochdrückte und somit üppiger wirken ließ, und denselben noch mal in Azurblau und Meergrün. Dann durchstreifte sie die Boutiquen und die besseren Kaufhäuser und kaufte weiche Safarihosen, bunte Viskoseröcke, zwei Kleider mit schmalen Trägern und weitschwingendem Rock, kurzärmelige Baumwollblusen, Seiden-T-Shirts, geflochtene Gürtel, Sandaletten, Mokassins und ein paar Cowboy-Stiefel aus Leguanleder, und das alles, während um sie herum bleiche Menschen Wintermäntel und Rollkragenpullover anprobierten.

Sie wurde beinahe übermütig. Als sie, mit Plastiktaschen beladen, an einem Waffengeschäft vorbeikam, fiel ihr Blick auf ein riesiges Schweizer Armeemesser im Fenster. Sie blieb stehen und betrachtete es. Eine Lederhülle, die man an den Gürtel schnallen konnte, gehörte dazu. Zig kleine Metallfeilen, -sägen, -scheren ragten aus dem Messer heraus. Sie kaufte es. Das Messer schien ihr unerläßlich, und wenn sie es nur zum Flaschenaufmachen benutzen würde.

Sie trug die Taschen zum Auto, verstaute sie und schloß wieder ab. Nun fehlte ihr nur noch ein Gegenstand zu ihrer Ausrüstung. Auch darauf wollte sie nicht verzichten. Sie hatte schon lange einmal wissen wollen, wie so ein Ding sich anfühlte, und welche junge Frau verreiste heute schon ohne? Das war doch eine Selbstverständlichkeit.

Mulmig war ihr trotzdem. Von Entspanntheit konnte keine Rede sein, als sie durch die Tür des Sex-Shops trat. Sie grüßte freundlich eine alte Frau, die an einem erhöhten Tisch am Eingang saß und gelangweilt ein Magazin durchblätterte. Gott sei Dank, eine Frau. Aber da hinten stand ein Mann, der sie jetzt auch noch musterte! Der Laden war zum Glück relativ übersichtlich, so daß Maren mit kurzem Panikblick die gesuchten Gegenstände in verschiedenen Ausführungen ausmachen konnte. Betont selbstsicher steuerte sie zu dem betreffenden Regal, griff ohne viel Überlegen – die meisten waren ohnehin indiskutabel widerlich, igitt, fleischfarben mit Noppen und naturgetreu gekrümmt! – zu der zierlichen schwarzgoldenen Ausführung »Lady« und marschierte damit zur Kasse. Nun war sie stolze Besitzerin eines Vibrators. Als sie aufatmend auf die Straße trat, sah sie vor ihrem geistigen Auge Irina, wie sie lächelnd den Daumen hochreckte.

Gut gemacht, Mädel.

Es kam, wie es kommen mußte: Eigentlich geschah nicht viel, und ihnen beiden wurde klar, wie sehr sie sich auseinandergelebt hatten, ohne es zu merken. Frank nahm sich einen Cognac, hockte sich in den Sessel und starrte sie an. Maren war einerseits ganz übel von der Anstrengung, den Satz »Wir müssen uns trennen« herausgewürgt zu haben, andererseits war sie unendlich erleichtert, auch weil Frank weder tobte noch in Tränen ausbrach. Er saß einfach nur da und trank den Cognac. Dann erzählte er ihr, daß er vor ein paar Wochen eine Affäre mit einer anderen Frau gehabt habe. Stich in die Magengegend. Aber sie merkte: So schlimm war es gar nicht. Denn auch er hatte stumm gelitten. Nur miteinander hatten sie nicht mehr reden können. Weil sie nichts mehr voneinander wollten. Frank sah unglücklich und elend aus, aber nicht so, als ob er zerbrechen würde an der Situation. Er schien im Gegenteil schon so etwas wie einen Hoffnungsschimmer in den Augen zu haben. Neben Wut, Gekränktheit und Traurigkeit, okay. Aber so leicht fiel es ihr auch nicht. Bis zum letzten Moment vor ihrem Abflug kamen ihr Zweifel, die allerdings immer von einer berauschenden Erleichterung und Neugierde auf das, was vor ihr lag, überdeckt wurden.

Und so marschierte sie beschwingt, mit den neuen Stiefeln an den Füßen und Eberhards Tapes im Handgepäck, ins Flugzeug, fühlte sich zum ersten Mal seit Wochen wieder vollständig, griffig und leicht. Erwartungsvoll. Sie hörte Burning Spear und schaute hinunter auf Alaska, aß mit Begeisterung die Fertigmenüs und schaute

Bordkino, las ihren Reiseführer über Jamaika mit den atemraubenden Dschungelbildern, schlief unruhig und starrte schließlich gebannt auf ein aquamarinblaues Meer, über dem der Flieger beidrehte, bevor er schließlich waghalsig auf einem winzigen Flugplatz zum Halten kam.

2

Benommen vom vielen Sitzen trat Maren aus der klimatisierten Atmosphäre des Flugzeugs hinaus in das gleißende Licht. Dampfende Luft schlug ihr entgegen, die sich kaum in die Lungen ziehen ließ. Stand sie noch in den Flugzeugabgasen? Sie stieg die Gangway hinunter, sorgsam bedacht, nicht zu stolpern. Schwarze Arbeiter lungerten an den Servicewagen herum, lässig entspannt, scheinbar nicht begierig, sich in Aktivitäten zu stürzen. Die Luft war echt. Tropenatem. Schwer, feucht, ein bißchen modrig. Luft, die sich auf die Haut legte wie schwere Seide, die nicht stach oder einen frösteln ließ, die tausend Gerüche in sich barg. Sie kannte eine ähnlich feuchte Hitze nur aus den Gewächshäusern im botanischen Garten, in die sie an Winternachmittagen manchmal flüchtete. Sie wußte, daß sie sich in diesem Klima zu Hause fühlen würde.

In der Eingangshalle des Flughafengebäudes schwenkte eine Gruppe jamaikanischer Mädchen ihre in den Nationalfarben gemusterten Röcke und sang schläfrig und heiter einen Begrüßungssong. Maren reihte sich hinter den anderen Touristen in die Schlange vor der

Paßkontrolle. Sie war so aufgeregt und übermüdet, daß sie sich wie zwei Personen fühlte: Die eine wollte das Abenteuer, wollte sich in Erlebnisse stürzen, sich Eindrücken hingeben, unbändig und ausgelassen sein, die andere wollte auf der Stelle zurück in ihr Heimatland, wo ihr alles vertraut war, wollte sich unter ihr Federbett kuscheln und schlafen. In erster Linie schlafen.

Wie eine Woge brach das Geschrei der Taxifahrer über sie herein, als sie aus dem Flughafengebäude trat. Schwarze Arme wedelten ihr vor dem Gesicht herum, Stimmen versuchten sie in einem unverständlichen Idiom von etwas zu überzeugen. Sie hielt krampfhaft ihre Taschen fest, lächelte, sozusagen zur Verteidigung, und folgte blindlings einem älteren Mann zu einem großen Chevrolet aus den sechziger Jahren, dessen Lack größtenteils abhanden gekommen war. Der Mann verstaute ihr Gepäck, sie kletterte auf die Rückbank, aus der Schaumstoff quoll, und harrte der kommenden Dinge. Wie Eberhard ihr geraten hatte, verhandelte sie kurz über den Preis. Dann setzte sich der schwere Wagen brummend und schwankend in Bewegung. Sie sah gebannt zum Fenster hinaus. Weiße Oleanderbüsche. Schlanke hohe Königspalmen. Rotblühende Poinciana-Bäume, die sie von Bildern aus Afrika kannte. Bananenstauden, von denen meterlange Fruchtstände herabhingen. Kokospalmen. Sie lehnte sich zurück, hielt sich mit einer Hand am Türgriff fest, mit der anderen ihre flatternden Haare zusammen, da die Fenster offenstanden, die Kurbeln zum Schließen aber abgebrochen waren.

Sie gab sich den Bildern hin. Hier hast du mich, Jamaika. I'm ready for you.

Der Fahrer hielt sich, wie es die Verkehrsregeln der einstigen Kolonialherren verlangten, auf der linken Straßenseite, umfuhr in verwirrender Weise die Kreiskreuzungen und ordnete sich gelassen in den völlig unübersichtlichen Verkehr ein. Ratternde Mopeds, turmhoch mit Zuckerrohr beladene Laster, von denen schwarze Männer herunterwinkten, rostige, aber rasant fahrende Kleinwagen, schwankende Fahrräder, staubige Straßen voller Schlaglöcher. Der Fahrer steuerte den Wagen ungerührt durch das Gewirr auf die Straße nach Negril, eine Hauptstraße, die um die ganze Insel herumführte.

Horden von Schulkindern wanderten am Straßenrand entlang, in blauen, grünen, roten Schuluniformen, die kleineren lachend und ausgelassen hüpfend, die größeren betont aufrecht und stolz. Vor allem die älteren Mädchen waren sich ihrer erblühenden Schönheit bewußt, gingen trotz weißer Söckchen und flacher Schuhe wiegend, mit aufreizenden Hüftschwüngen, jederzeit bereit, aus dem Augenwinkel bewundernde Blicke aufzufangen. Bunte Spangen, Perlen, Schleifen hockten wie Käfer in dem schwarzen Haar, das zu Zöpfen, Löckchen, Türmen, Pferdeschwänzen gebändigt wurde. Lachen. Ein Lachen, das Maren nicht kannte. Die Uniformen schienen die Kinder nicht zu stören. Sie bewegten sich vollkommen unbefangen darin.

Die Stadt blieb zurück, vereinzelt lagen noch ausladende Villen oder exquisite Hotels an den Hügeln von

Montego Bay; an den Zufahrten warteten livrierte Wächter auf reiche Amerikaner, auf grünen künstlich bewässerten Golfressorts schoben schwarze Caddies älteren weißen Frauen die Golfwagen hinterher.

»You're first time in Jamaica?« sagte der Fahrer und schaute fragend in den Rückspiegel.

»Yeah«, bestätigte Maren.

»Nice country, man«, versicherte ihr der Mann. »You need driver? My cousin...«

Maren lehnte dankend ab. Sie war nicht redselig. Eine fremde Welt brach über sie herein und nahm Besitz von ihren Sinnen.

Buckelrinder auf gelbbraunen, halbverdorrten Grasflächen. Schwarze staubige Schweine, die in den Gräben am Straßenrand herumstöberten. Weiße Kuhreiher, die dünnbeinig neben den Rindern herstaksten oder dreist auf ihrem Rücken hockten. Schwarze Ziegen, die gefährlich nah an der Straße an Sträuchern knabberten, Hundewelpen, die vor den Hütten herumtapsten. Immer wieder schloß Maren entsetzt die Augen, hörte schon die Reifen quietschen und sah eine blutige Masse vor dem Wagen liegen, ein Tier oder gar einen Menschen. Sorglos wackelten alte Männer auf Fahrrädern die unebenen Bankette entlang, unbekümmert ob der hupenden Autos. Doch nichts geschah. Man schien solche Gefahren gewöhnt zu sein.

Manchmal war die Straße überschattet von Bambushainen und hohen Palmen, dann wieder öffnete sie sich und gab den Ausblick frei auf niedrige, sanft gewellte

Hügel, dicht bestanden mit leuchtend grünem Buschwerk. Knöcherige alte Bäume ragten daraus empor, zeichneten sich gegen den Himmel ab. Eine Silhouette, die ungezähmt und uralt wirkte, als habe sie sich seit den Zeiten Calico Jacks und seiner berüchtigten Piratenhorden nicht verändert.

Rauheit paarte sich mit Lieblichkeit. Nach schroffen Felswänden aus Kalk- und Lavagestein erstreckten sich Grasflächen bis an den Fuß der grünen Hügel, folgten Palmenhaine und mit roten Früchten behangene Bäume, die aussahen wie der erste Baum der Schöpfung; Ackee, die jamaikanische Nationalfrucht, erklärte der Fahrer. »Bestes Frühstück«, führte er stolz aus, »Ackee und Saltfish. Jamaikanisches Nationalgericht. Wenn Ackee nicht reif, gut für Schwiegermutter umzubringen.« Er lachte glucksend.

Einfache, zum Teil bunt bemalte und mit Sprüchen verzierte Holzhütten säumten die Straße; Kinder tollten herum, Frauen hockten breitbeinig davor, lasen Reis aus, putzten Fische und beobachteten das Geschehen auf der Straße. Wäsche flatterte im Wind – Röcke, T-Shirts, häufig auch schwarze oder rosa Schlüpfer, Unterröcke, hie und da mit einem Loch.

Maren schluckte. Die Zivilisation schien plötzlich Welten entfernt zu sein. Sie hatte Angst, spürte eine irrationale, unbegründete Furcht vor all diesem Fremden. Sie mußte nicht ganz richtig im Kopf sein. Wie konnte sie sich auf so etwas einlassen? Hier hockte sie mitten im Busch, eine weiße Touristin, mutterseelenallein, verstand die Leute nicht, kannte die Kultur nicht. Sie war einfach zu doof. Und alles nur wegen hysterischer Anwandlungen. Vielleicht hätten Frank und sie ja doch noch mal miteinander reden können. Vielleicht wäre alles wieder gut geworden. Aber sie hatte alles verderben müssen. Sie hatte es ja unbedingt wissen wollen.

Eine Hibiskushecke voll strahlend zinnoberroter Blüten zog vor ihren Augen vorbei, dann, als sie nach rechts schaute, zeigte sich das Meer, sattblau, nach Tang und salziger Weite duftend. Sie atmete tief durch, schloß kurz die Augen. Der Ozean. Ferne Gestade. Tropische Nächte. Weißer Sand. Tief sinkende Blicke aus dunklen Augen. Deshalb war sie hier.

Sie kamen über eine kleine Brücke, auf der Kinder Ananas und Säckchen mit Zuckerrohr schwenkten. Kurz darauf hielt der Fahrer bei einem Bretterverschlag, von dem Bananenbündel herabhingen. »Kühlen Drink?« fragte er. Maren nickte.

Sie stiegen beide aus, Maren dehnte ihre steifen, schmerzenden Glieder und blinzelte in die Sonne. Ein schwarzweißes Zicklein hoppelte vor ihren Füßen vorbei, kläglich nach der Mutter blökend. Der Fahrer begrüßte einen jungen Mann, der am Tresen der Hütte auftauchte und Maren neugierig beäugte. Dann streckte er ihr lachend die Hand entgegen. »My name is George«, sagte er. »Yours?« Zwischen seinen Schneidezähnen blinkte ein Stückchen Gold, seine Haare fielen in einem Zöpfchenwust in seine Stirn. Maren ergriff kurz die schwielige Hand des Mannes, sagte widerstrebend ihren Namen und beschloß, beim nächsten Mal ihren zweiten Vornamen zu benutzen. Es verursachte ihr Unbehagen, Fremden ihren Namen zu nennen.

Der Fahrer drückte ihr eine kühle klebrige Flasche in die Hand. »Ginger beer«, sagte er. »For ladies.«

Maren nahm einen Schluck. Eine süße, in der Kehle brennende Limonade aus Ingwer.

Der Fahrer brach eine der winzigen, wie unfertig aussehenden Bananen von einem Bündel und reichte sie ihr. Plötzlich verstand sie, wie solche Früchte schmecken mußten: nach brauner Erde, Urwald und verschwenderischer Sonne. Süß, reif und aufregend. Sie begann anzukommen.

Das schmiedeeiserne Tor sah nach Ruhe und Abgeschiedenheit aus. Genau das, was sie jetzt brauchte. Verschwitzt und zerzaust stand sie vor dem »SamSara« und sehnte sich nach einer kühlen Dusche, einem kalten Drink und einem Ort, an dem sie sich verkriechen konnte vor all den überwältigenden Eindrücken. Vielleicht war dies hier der richtige Platz dafür. Hinter dem Gitter war ein tropischer Garten zu ahnen, und neben einem meterhohen Bambushain ragte ein schilfgedecktes Holzhaus über den Zaun empor.

Ihr Fahrer stieß, erfreut einen Bekannten anhupend, auf die Straße hinaus, und der schwere Wagen setzte sich tuckernd in Bewegung. Maren schob den Riegel des Tors zur Seite, stieß es auf und zerrte ihre beiden Taschen hoch. Gleich hinter dem Tor ließ sie sie fallen. Sie war zu erschöpft, um sie zu tragen.

Der Garten bezauberte sie auf den ersten Blick. Er war liebevoll und mit einem ausgeprägten Sinn für Harmonie angelegt. Kleine Wege schlängelten sich zwischen Bananenstauden, Fruchtbäumen und Palmen zu Hütten und einem weißen Steinhaus im hinteren Teil der Anlage. Unter einem Baum mit großen schattenspendenden Blättern stand ein weißer Steintisch mit einer Bank. Weiß und rosa blühende Oleanderstauden strahlten zwischen dem Grün hervor.

Sie ging vorsichtig, als könnte sie den Frieden des Gartens stören. Zu ihrer Linken lag das große Holzhaus. Die unterste Etage war ein einfaches Plateau, nach allen Seiten offen. Hinten führte eine Treppe zu Räumen im Obergeschoß. Am Wegrand lag eine schwarze Katze auf dem Rücken, die Pfötchen angewinkelt, und schlief. Maren blieb stehen und betrachtete sie ein wenig neidisch. Ihr schien es, als könnte sie nie mehr so ruhig und ungerührt schlafen. Als hätte es ihre Gedanken gespürt, schlug das Tier plötzlich die Augen auf und fauchte lautlos.

Aus dem weißen Steinhaus kam eine ältere weiße Frau, die sich mit einem schwarzen Mädchen unterhielt. Sie erblickte Maren, rief »Hello« herüber und kam zu ihr. Als sie vor ihr stand, lächelte sie warm und streckte ihr schwungvoll die Hand entgegen. »Du mußt Maren sein«, sagte sie. »Mein Freund Eberhard aus Deutschland hat angerufen und gesagt, daß du kommen würdest. Willkommen!«

Maren ergriff ihre Hand, die fest und kühl war, und nickte. »Und du bist Sara, nicht?«

»Yes, my dear, ich bin Sara. Komm, ich zeige dir dein Zimmer. Wo ist dein Gepäck?« Maren deutete zum Tor. »Okay, I'll take care of that. Alicia«, rief sie zu einem Steingebäude hinüber, das die Küche zu sein schien, »sag bitte John, er soll sich um das Gepäck kümmern.«

»Okay, Sara«, rief das Mädchen zurück.

Maren folgte der Amerikanerin die Treppe hinauf. Sie war ihr sympathisch, eine kleine drahtige Frau mit jenem sanften Blick von Menschen, die die Flower-Power-Bewegung nicht als vorübergehende Zeiterscheinung, sondern immer noch als der Weisheit letzten Schluß betrachteten. Aber obwohl Sara dieser Hintergrund anzumerken war, hatte sie keine verträumte, sondern eher eine energische Ausstrahlung. Sie mußte eine gute Geschäftsfrau sein, sonst hätte sie dieses Anwesen nicht erhalten können. Eberhard hatte erzählt, daß sie in den Sechzigern mit den Hippies in Negril gelandet und hängen geblieben sei, sich aber ganz anders in ihre Umgebung eingepaßt habe als die üblichen Aussteiger-Touristen. Das »SamSara« war ihr Werk. Sie hatte es geplant und beim Anlegen mitgeholfen. Sie sah so gesund aus, fand Maren. Kleine Lach- und Sonnenfältchen im Gesicht, das auf eine natürliche Art gebräunt war, glänzende Augen und seidige braune, von weißen Strähnen durchzogene Haare.

»So, hier ist es.« Sara schloß eine Holztür auf und wies in das Zimmer. Es war einfach eingerichtet, Holzborde an den Seiten, eine Kommode aus demselben dunklen Holz wie das ganze Haus, ein Bett mit einer bunten karibischen Baumwolldecke darauf. Ein eckiger Spiegel fürs Gesicht und über dem Bett ein schwerer alter Ventilator und ein zusammengeknotetes Moskitonetz. Filmbilder schwirrten durch Marens Hirn: Die Heldin schmachtet unter einem Moskitonetz in der Hitze, verängstigt vom Klang dunkler Stammestrommeln, doch dann betritt der junge Tropenarzt ihr Zelt und...

»Es ist sehr schön«, sagte sie.

»Du wirst dich gut erholen hier«, versicherte Sara. »Das ist übrigens das Yoga-Zimmer. Bis später.« Sie stieg die Treppe wieder hinunter, ihre weichen weißen Gewänder flatterten ihr um den Leib.

Die eigentliche Sensation war der Balkon, der zum Zimmer gehörte. Er war mit einem runden Tischchen, einem wackligen Eisenstuhl und einer robusten Liege ausgestattet, und die Aussicht traf Maren ins Herz. Sie schluckte. Hinter dem Garten begann der Sumpf, von dem der Taxifahrer erzählt hatte. Eine wild wuchernde, flimmernde, saftiggrüne Ebene, aus der Palmen und bizarre Bäume aufragten, über der endlos und milde der Himmel hing und die in weiter Ferne von den blaßblauen, sich an die Erde schmiegenden Bergen begrenzt wurde.

Ein leichter Windhauch strich durch den Bambushain am Rande des Gartens, das zarte Rauschen mischte sich mit dem Brummen von Insekten, die sich an blaublühenden, vom Dach herabhängenden Ranken gütlich taten.

Maren ließ sich auf die Liege sinken. Es war fast zu schön, um wahr zu sein.

Sie saß eine ganze Weile dort, verlor das Zeitgefühl, schaute über den Sumpf und in den Garten hinunter. Dort wuchsen Bäume mit flammend rotgrüngelb gemaserten Blättern, Pflanzen, die in Deutschland ein kümmerliches Dasein in Hydrotöpfen von Altersheimen fristeten. Hier waren sie kräftige, zähe, wuchernde Büsche, keine zahmen Topfpflänzchen.

Auf dem Holzgeländer vor ihr marschierte eine Reihe winziger gelbbrauner Ameisen entlang, und ein Gecko balancierte mit gemessenen Schritten auf einem Stromkabel über den Garten hinweg. Aus den hellblauen Blütenranken stieg ein süßer, benebelnder Duft auf, unter dem ein leicht fauliger Hauch lag – die Ausdünstung des Sumpfes.

Zwei weiße Reiher flogen mit ruhigem Flügelschlag über die Sumpfebene. Sie zeichneten sich wie Vögel aus alten Legenden gegen die blaugrünen Berge ab, näherten sich dem zartblauen Himmel und landeten schließlich auf einem knorrigen, rotgesprenkelten Baum. Als weiße Punkte hockten sie zwischen den roten Blüten, und kurz darauf landete ein weiterer Reiher.

»Sie sammeln sich dort, bevor die Sonne untergeht«, sagte eine sanfte Männerstimme hinter ihr.

Maren fuhr mit einem kleinen Aufschrei herum.

Am Treppenabsatz stand ein schmaler Schwarzer mit großen hellen Augen. »Oh, tut mir furchbar leid«, sagte er bekümmert. »Ich hab' Sie nicht erschrecken wollen.

Es ist nur ... ich lese sonst hier oben immer die Zeitung oder denke ein bißchen nach.«

»Ach, das macht doch nichts«, sagte Maren und bemühte sich zu lächeln. Was wollte der hier?

»Mein Name ist John«, stellte er sich jetzt vor. »Ich arbeite hier, kümmere mich um den Garten. Wenn ich störe, geh' ich gleich wieder. Ich soll auch noch das Gepäck bringen.«

»Nein, ist schon in Ordnung«, meinte Maren. »Ich brauche nur ein bißchen Ruhe, bin grade erst angekommen.«

»Sie sind die Lady aus Deutschland, nicht wahr? Von Ihnen hat Sara erzählt. Herzlich willkommen.« Er streckte ihr die Hand hin.

Ermüdet ob all der Begrüßungen nahm sie sie, wußte nicht mehr recht, was sie nun eigentlich wollte, und ergab sich einfach. Die einzige Chance. Sich ergeben. Hier ließ sich scheinbar nichts planen, und die Umgangsformen waren so anders als bei ihr zu Hause. Distanzen, wie sie sie hielt – aus Mißtrauen oder aus Neigung –, wurden ignoriert. Keiner schien so etwas zu kennen.

Während die Sonne unterging und über den Sümpfen Schwaden von goldenem Licht und einen Himmel voll roter, rosen- und pfirsichfarbener Schleier hinterließ und schließlich ein einzelner Stern wie Platin zu schimmern begann, hörte sie John zu, wie er von sich erzählte, auf eine scheue, zurückhaltende Art. Sein gutes Englisch hatte er in England gelernt, wo er eine Zeitlang mit einem

Stipendium zur Schule gegangen war, aber er war in sein Land zurückgekehrt, weil er sich hier besser fühlte. Er sei Dichter, sagte er. Ob Maren einmal seine Gedichte lesen wolle? Sie seien bei einem Lyrik-Wettbewerb in Amerika mit einem Preis ausgezeichnet worden.

Später vielleicht, sagte Maren. Sie sei müde und wolle erst einmal eine Dusche nehmen und etwas essen. Sie hockten in einer Art schweigender Intimität auf der Liege, während das Licht schwächer wurde, und sie wollte diese Nähe abschütteln. Wollte der Mann etwas von ihr? War dies eine spezielle Form von Anmache?

»Die Moskitos kommen«, sagte John und stand auf. »Alicia kocht nachher Chicken Curry. Sie wird dir Bescheid geben, wenn es fertig ist. Die Dusche ist hier drunter.« Er verschwand, so lautlos, wie er gekommen war.

Maren stand auf. Die ersten Moskitos stachen ihr in die Arme. Ein hohes Flirren und ein krächzendes Schnarren wehten von den Sümpfen herüber; gleich nach Sonnenuntergang hatten Zikaden und Grillen ihren Nachtgesang angestimmt. Dazwischen, unrhythmisch, ein helles Piepsen; sie wollte John fragen, wo das herkam.

Eigentlich war es eine Idylle, ein Traum. Sie saß in diesem tropischen Garten, der mit Laternen beleuchtet war, unter einem Lebensbaum, aß würziges Essen, genoß die Gesellschaft eines netten Dichters und dreier schwarzer Katzen, die erwartungsvoll ihre Pfoten auf den Tisch legten und auf die Hühnerknochen starrten, und Grillen und Baumfrösche – sie gaben die hohen kindlichen Töne von sich – erfüllten die Nachtluft mit einer exotischen Geräuschkulisse. Aber sie fühlte sich unwohl. Sie hörte John schweigsam zu, stocherte in dem köstlich gewürzten Essen, weil sie Angst hatte, daß Käfer hineingefallen waren, die sie in dem schwachen Licht nicht sehen konnte, schrie leicht auf, als eine der Katzen wie ein Schatten ihren Arm streifte, und fühlte sich lebensunfähig. Eine zickige Stadtkuh. Jämmerlich. Erbärmlich. Ein Reinfall, die Reise. Eine Schnapsidee. Sie war eine verkrampfte Vollniete.

John gab ihr einen Pint Appleton-Rum mit aufs Zimmer. »Da kannst du gut schlafen«, meinte er zwinkernd, als er mitbekam, daß Maren keinesfalls noch ausgehen wollte. Sie fürchtete sich. Nun lag sie unter ihrem Moskitonetz, die Decke bis ans Kinn gezogen, trank Schluck für Schluck den Rum, der sonnig, warm und tröstlich schmeckte, und versuchte ihrer Angst vor Nachtfaltern Herr zu werden. Überall gab es Ritzen in den Wänden, dieses Haus war so offen. Die Geräusche drangen herein, als seien keine Wände um sie herum. Zu den hohen Tönen der Baumfrösche hatte sich eine Art Tenor gesellt, ein kehligeres, langsameres Quaken. Von der Straße entferntes Lachen, röhrende Motorräder.

Langsam wurde sie schwer und ruhig. Wie ein Stein ruhte sie auf ihrem Laken und sagte sich: Alles wird gut werden. Ihr Atem begann sich zu lösen, wurde regelmäßiger, Zuversicht durchströmte sie. Ihr war jetzt auf eine wohlige Art warm, ihr Blut schien wieder richtig durch ihren Körper zu fließen, und die großen Lippen zwischen ihren Beinen zuckten ein bißchen, plusterten sich auf, wurden seidig und lebendig. Maren räkelte sich, ihre Hand rutschte dorthin, zu der heißen Stelle, und begann sie zart zu streicheln, zu kosen, anzuheizen. Das tat so gut, auch ihre schmerzenden Schultern fühlten sich plötzlich weniger klobig an, eine weiße Ruhe senkte sich in ihre Augen, dann rosa, fleischfarbene Bilder, ihr Mäulchen öffnete sich hungrig, sonderte Saft ab, klar und glitschig. Plötzlich war da ein Mann unter ihren Augenlidern, schwarz, muskulös, schweißglänzend, der keuchend auf ihr lag und ein mächtiges, blauschwarz schimmerndes Glied kraftvoll und tief in sie stieß, ihre Finger lockten, drückten die lüsterne Spalte, ihre Nippel ragten empor, rieben sich am Laken, hart wie Erz, stramm, fordernd, ihr Becken kreiste und hob sich, sie öffnete ihre Beine weit, der schwarze Speer sollte freien Zugang haben, sie füllen und stoßen können, wie es ihm beliebte. Längst hatte sich ein See zwischen ihren Beinen gebildet, ihre Finger ertranken fast, die Konturen der weichen Täschchen hatten sich aufgelöst, eine warme endlose Fleischmasse mit tausend kochenden Nervenspitzen, jetzt wurde er schneller und noch härter, er berührte ihr Innerstes, und ihre Finger tobten, tauchten hinein, schlugen über ihr zusammen. Erleichtert zuckte sie und ergoß sich und biß sich auf die Lippen, um nicht zu stöhnen, obwohl diese Nacht solche Töne aufnehmen konnte, sie paßten hierher. Ob John sie gehört hatte? Sie wußte, daß er in dem Büro unter ihrem Zimmer saß. Er las bei schummrigem Licht ein »Newsweek«-Heft und bewachte das Anwesen. Sie fand John zwar nicht sehr attraktiv, aber dennoch. Ihre Gedanken verloren sich in watteweiche Dunkelheit.

3

Der Blick über die Sümpfe wirkte wie ein Elixier. Maren saß auf der Liege und kämmte sich nach dem Duschen die Haare. Sie fühlte sich frischer und mutiger an diesem Morgen. Der deutsche Staub war abgewaschen, sie war offen für neue Elemente auf ihrer Haut. Die helle Sonne spielte im Schilf, Alicia hängte bunte Handtücher auf eine Leine zwischen dem Jasminbusch und einem Brotfruchtbaum, die Katzen tollten auf der rissigen braunen Erde herum. Und ein schwirrendes, graziles Wesen verharrte vor einer der hellblauen Blüten direkt vor Marens Augen und tauchte einen langen Schnabel hinein. Ein Kolibri. Kolibris waren für sie Fabeltiere, Märchengestalten, ähnlich wie Seepferdchen.

Sie zog ihren meergrünen Bikini an, darüber ein weißes T-Shirt-Kleid. Nach dem Frühstück wollte sie zum Strand. Sie stieg in den Garten hinunter, spürte das glatte warme Holz der Treppe an den nackten Füßen. Alicia bot ihr »fruitbowl« zum Frühstück an, und sie setzte sich wieder auf ihren Platz unter dem Lebensbaum, schaute den Sonnenstrahlen zu, die auf den Bananenblättern tanzten, betrachtete die handtellergroßen Blüten eines

Hibiskusstrauchs. Am Rand züchtig cremefarben, zerlief der Kelch in der Mitte in heftigem Purpur, und der melbafarbene Griffel ragte lasziv hervor wie eine nekkende Zunge. Ein Strauch mit zierlichen, wachsartigen weißen Blüten verströmte einen schwebenden, zarten Duft. Ein orangerotes Schmetterlingspaar flatterte, sich leichthin umgarnend, darüber hinweg.

Alicia, ein rundliches Mädchen, das schüchtern, aber auf eine ansteckende Art freudig lächelte, brachte ihr einen Teller, auf dem liebevoll Fruchtstückchen arrangiert waren. Die Früchte, die Maren kannte, schmeckten verblüffend, denn sie waren in der Sonne gereift und nicht in muffigen Lagerhäusern. Die Ananas war fruchtig und rauhte nicht die Zunge auf. Die Mandarinen hatten ein viel frischeres Aroma, nicht zu vergleichen mit ihren angedrückten Artgenossen, die man zu Weihnachten im Supermarkt kaufen konnte, in häßlichen Netzen zusammengequetscht. Der Geschmack der Papaya war leicht gärig, schwer wie ihre Farbe, ein dunkles Orange. Dann waren da noch »naseberrys«, haarige braune Früchte, die sich als verwirrende geschmackliche Mischung aus Waldhonig, Zimt, Quitten und Birnen erwiesen, und jamaikanische Äpfel, längliche Früchte mit hellroter Schale und weißem Fleisch, säuerlich, ein bißchen fade, aber erfrischend.

Ein Paar ließ sich am Nebentisch nieder. Unangenehm berührt stellte Maren fest, daß es sich um Deutsche handelte. Der Mann bestellte mit verkniffenem Gesicht und in sehr mäßigem Englisch das Frühstück, während die

Frau, eine Blondine in großem Herzchen-T-Shirt, freudlos auf die Tischplatte starrte. »Ich hatte nun mal nicht so große Lust«, sagte der Mann gedämpft. »Schon gut, schon gut«, gab die Frau spitz zurück. Beide waren etwa Mitte Dreißig. Maren schätzte sie als Großstadtmenschen ein. Der Umgang mit Alicia fiel ihnen schwer, und für ihre Umgebung hatten sie kaum Augen. Waren die denn blind und taub? fragte sich Maren, als sie aufstand und wortlos an ihnen vorüberging. Wie konnte man nur in solch einer Umgebung so übellaunig sein? Aber vielleicht wirkte sie ja genauso, schoß es ihr durch den Kopf. Sie drängte den Gedanken zur Seite. Zeit, in die Sonne zu kommen.

Da sie ohnehin keinen großen Spiegel zur Hand hatte, sparte sie es sich, nach irgendwelchen Hautunreinheiten zu suchen, bevor sie zum Strand ging. Sie war ohnehin maden- oder lilienweiß, je nachdem mit welchem Grad von Wohlwollen sie ihren Körper gerade betrachtete. Aber das würde sich in Kürze ändern. Es würde ein Genuß sein, mit dem ganzen Körper atmen zu können.

Sie entschied sich für eine Stelle bei einem Seagrape-Baum, in dessen Schatten sie sich nach kurzem Sonnenbad flüchten konnte. Eberhard hatte ihr eindringlich die Tücken der Tropensonne beschrieben. »Am ersten Tag auf keinen Fall mehr als eine halbe Stunde Sonne!« hatte er gebrummt. Der gute alte Eberhard. Sie schickte ihm einen zärtlichen Gedanken. Er mußte jetzt in dicken Sakkos in den staubigen Gängen des Senders umherwandeln und sich mit phantasielosen Autoren abplagen. Aber Eberhard war cool. Bestimmt hörte er abends neue abseitige Formen von jamaikanischer Musik und las seinem Kater Beefheart Joseph Conrad vor. Eberhard kam schon durch.

Sie streckte sich auf ihrem Handtuch aus. Der lang ersehnte Augenblick. Hier lag sie unter der Morgensonne Jamaikas. Sie versuchte sich fallen zu lassen, nicht ständig nervös zu blinzeln oder auf Geräusche zu horchen. Die Sonne begann sie zu erhitzen, machte sie schläfrig und schwer. Glühendrote Bälle und gelbe Planeten stießen unter ihren Lidern zusammen. Silberne Pfeile schossen zwischen ihren Wimpern umher. Wenn sie manchmal faul die Augen aufschlug, sah sie meistens starke schwarze Männerbeine oder einen trotzig hervorstehenden Frauenhintern vorbeiziehen. Ihre Nippel zerliefen in der Wärme, sie spürte, wie ihr Venushügel sich unter ihrem Bikinihöschen wölbte.

Sie drehte sich auf den Bauch, legte den Kopf auf die Arme, schaute zu der Frau hinüber, die auf einer Holzbank vor der nächsten Bretterbude saß, von der, wie von allen anderen längs des Strands, Strohhüte, Bananen, T-Shirts herunterhingen. Auf einem Bord lagen Kokosnüsse, Ananas und andere Früchte. Für Touristen mixte die Frau Säfte. Sie war sehr schön, eine Rasta-Frau, die den traditionellen langen Rock trug und aus demselben bunten Stoff ein Tuch um den Kopf, das ihre Haare bedeckte. Sie hatte einen sanft geschwungenen Mund und stille Augen, in denen eine endlose Weite lag. Ihre

Bewegungen waren harmonisch, ruhig, sie tat nichts hastig oder eckig. Neben ihr turnte ein hübsches kleines Mädchen mit kurzen Dreadlocks, der jamaikanischen wilden Zöpfchen-Frisur, herum, ein Kind legte sie sich im Schatten des Dachs gerade an die Brust. Maren erhaschte einen Blick auf ihre melonenförmigen Brüste. Das Kind war schon ziemlich groß, doch sie gab ihm einfach die Brust, weil es geschrien hatte, und sie tat dies mit einer unbekümmerten Herzlichkeit, die nichts mit den demonstrativen Säugeakten szenebewegter Mütter zu tun hatte, die Maren aus Deutschland kannte und haßte. Solche Haltungen lassen sich nicht aus ihren Zusammenhängen reißen, dachte sie; wir können das nicht so, wir müssen die Form finden, die zu uns paßt.

Nachdem das Kind getrunken hatte, durfte es herumstapfen, und es marschierte freudestrahlend auf dicken krummen Beinchen auf Maren zu. »Angel!« rief die Mutter, doch das bekümmerte das Kind nicht im geringsten. Als es bei Maren angekommen war, tatschte es auf ihre Schulter, untersuchte ihre Sonnenbrille und zog versuchsweise an ihren Haaren. Maren lachte und setzte sich auf. Sie winkte der Mutter zu, plazierte Angel auf ihrem rechten Oberschenkel, redete ein bißchen mit ihr und wuschelte ihr durch die wolligen Haare. Nach kurzer Zeit ließ jedoch Angels Interesse an ihr nach, und sie ging auf die Suche nach neuen Sensationen.

Maren legte sich in den Schatten. Sie setzte ihre Sonnenbrille auf und blickte über den Strand. Das Meer, klar und türkis, plätscherte sachte und scheuchte kleine Wellen auf den weißen Sand. Braune, abgefallene Blätter von den zähen Seagrape-Bäumen raschelten und rollten herum, wenn ein Luftzug aufkam. Zwei gelbbraune Hunde, von denen es Hunderte auf der Insel zu geben schien, die einer wie der andere aussahen, lagen nebeneinander und schauten übers Wasser zum Horizont, als sähen sie dort die Geheimnisse der Hundewelt enträtselt. Eine knochige Amerikanerin mit Baseball-Mütze und ein junger Jamaikaner spielten Strandfederball und jubelten jedesmal, wenn es ihnen gelang, den anderen zu schlagen. Touristen und Einheimische wanderten in der Gischt den Strand entlang. Ein Schwarzer mit Megaphon kündigte in einem hallenden Stakkato-Sound ein abendliches Reggae-Konzert in einer Bar an.

Dann kamen die Fischer, verwegen aussehende Burschen mit verwitterten Gesichtern, die auf eine rohe Art gleichmütig wirkten. Sie klaubten die zappelnden Fische aus den Netzen und warfen sie in ihr Boot, einen einfachen Einbaum. Die Frauen von den Buden kamen mit Eimern und Schüsseln herbei, um den Fang zu begutachten und einzukaufen. Weiße blieben stehen und schauten den Einheimischen, die das Boot umringten, über die Schulter. Ein lautes Feilschen, Scherzen, Streiten hob an.

Maren ging hinüber. Silberne Barrakudas, in allen Farben schillernde Papageienfische, rot und gelb gestreifte Snapper. Die Fische sahen auch tot noch prachtvoll aus. Ein unvorsichtiger Zierfisch war ebenfalls ins Netz gegangen, leuchtend schwarz und gelb gestreift, zu klein, um gegessen zu werden. Einer der Männer zerrte plötzlich ein krustiges Ungetüm aus einer Ecke, eine Seespinne; Maren trat automatisch einen Schritt zurück, was der Fischer mit einem lauten Lachen quittierte. Eine mollige schwarze Frau lachte kräftig mit und schlug Maren auf die Schulter. »Will do you no harm, man«, meinte sie. »Man« war hier eine Anrede für sämtliche menschliche Wesen, nicht nur für Männer.

Etwas entsetzt bemerkte Marken, daß auch ein kleiner Rochen ins Netz gegangen war. Er lag auf dem Rücken und lebte noch. Blitzschnell öffnete er immer wieder das Maul, ein gespenstisches Grinsen.

Sie ging zu ihrem Handtuch zurück. Später, nachdem die Fische verteilt waren, beobachtete sie, wie Frauen und Männer sie am Meer aufschnitten, ausnahmen und die blutigen Innereien ins Wasser spülten, wo sich sofort kreischend die Möwen darauf stürzten.

Die Fischer warfen ihr ab und zu spöttische Blicke zu und starrten ihr ungeniert zwischen die Beine, auf die Wölbung, wo sich das Höschen spannte, oder auf die Brüste, die sie in diesem Oberteil gar nicht mehr so klein fand. Die Blicke waren ihr peinlich, und sie versuchte sie einfach zu übersehen. Aber sie spürte doch ein leises Kribbeln – die Fischer hatten eine gefährliche, rüde Ausstrahlung. Einer fiel ihr besonders auf; er hatte seine Dreadlocks, einen ganzen Berg, unter einer riesigen, schmuddeligen Wollkappe verborgen, vorne fehlten ihm zwei Zähne, und sein Körper war schlaksig und sehnig. Er schien alterslos zu sein, niemandem verpflichtet und an nichts in der Welt gebunden, ein Nachfahre jener Piraten, die einst so mächtig gewesen waren, daß ihnen die Briten zeitweilig die Herrschaft über die Insel überlassen hatten. Ein Kumpan von Henry Morgan; Raubzüge, wüste Gelage an Feuern am Strand und das ausschweifende, zügellose Leben in Port Royal. Die einstige Seeräuberstadt war im 17. Jahrhundert bei einem Erdbeben im Meer versunken, als sollten die Freibeuter für all ihre Sünden bestraft werden.

Der Duft von frisch aufgeschnittenen Orangen zog herüber. Maren stand auf und kaufte der schönen Rasta-Frau eine Flasche frisch gepreßten Saft ab. Er schmeckte süß und kühl. Dann stieg sie in den Ozean.

Die Wellen schwappten neckisch um ihre Beine, als sie ins Wasser watete, ihre Haut an die Temperatur gewöhnte. Unter ihren Füßen verschob sich der Sand, schlich sich zwischen die Zehen, bildete eine Mulde. Die Sonne tanzte auf dem glasklaren Wasser, am Grund zuckten Schwärme winziger silberner Fische auf, und weiße Muscheln trieben versonnen dahin.

Sie ließ sich sacht ins Wasser gleiten, schwamm mit regelmäßigen, ruhigen Bewegungen. In diesem Meer fühlte sie sich geschmeidig wie ein Delphin. Sie legte sich auf den Rücken, vertraute sich den Wellen an, die sie trugen. Ihr Haar wehte wie Seegras um ihren Kopf. Eine Möwe flog mit zielstrebigen Flügelschlägen über sie hinweg, stürzte dann aufs Wasser zu.

Sie entfernte sich immer weiter vom Ufer, schwamm der Weite des Horizonts entgegen, wo der Blick nicht mehr anstieß. Hoch oben am Himmel segelte ein Albatros. Sie ließ sich dann wieder treiben, atmete tief den Meeresgeruch ein, diesen Duft nach Korallenbänken, lichtem Wasser, blauen und silbernen Fischen, saftiggrünem Tang, dunklen Tiefen. Nach langer Zeit fühlte sie sich zum ersten Mal wieder unbeschwert, heimisch, mit ihrem Körper einig.

Abends ging sie in eine der Bars, die sie tagsüber am Strand entdeckt hatte. Sie trug eine locker fallende schwarze Seidenhose, ein mandarinenfarbenes Top, darüber eine offene schwarze Seidenbluse und flache schwarze Ballerinas – Tarnkleidung, aber der Stoff war weiblich und fühlte sich gut an, wie er in der warmen Luft an ihren Gliedern entlangstrich.

John hatte ihr vor dem Abendessen seine Gedichte gezeigt. Sie waren einfach, sentimental und schön; er schrieb von weißen Höhlen, Wellen, Sandkörnern und Sehnsucht nach der Liebsten. Sie begann ihn zu mögen. Sicher, er war ein seltsamer Kauz, verträumt, nicht sehr männlich, aber es gab Augenblicke, wo sie sich dessen nicht so sicher war. Sein Blick konnte sehr direkt sein, und dann spürte sie, wie ihr Körper darauf reagierte, mit einer leichten Erhitzung, einem Kribbeln.

Sie schob sich auf einen der hölzernen Barhocker in einer kleinen offenen Bude mit bunten Lichterketten und bestellte einen Pina Colada. Der Keeper war ein mächtiger Kerl mit einem bei den amerikanischen Hip-Hop-Sängern abgeguckten Brikettaarschnitt. Er behandelte sie freundlich, aber neutral, mixte mit geschickten, routinierten Bewegungen ihren Drink.

Das Meer schwappte träge auf den weißen Sand, weit draußen blinkten die Lichter der Fischer auf dem Wasser, der Mond lag faul auf dem Rücken. In ein paar Tagen würde Vollmond sein. Reggae-Bässe, Geschirrklappern aus den Buden-Restaurants, Lachen, Betriebsamkeit. Die Luft knisterte, war aufgeladen mit erotischer Spannung. Schwarze Frauen, hochgewachsen, in knappen Pailletten-Minis oder engen Bodysuits, mit langen Haarmähnen, die Münder schillernd, die Hinterteile lasziv hervorstehend, stelzten den Strand entlang, auf der Suche nach Beute, weißen Männern, die bereit waren, für ihre Reize zu bezahlen. Die schwarzen Männer grinsten über sie oder schlugen ihnen respektlos auf den Hintern, doch vielen Weißen stockte der Atem; wie verhext starrten sie die Huren an, schon verloren. Sie hatten keinen Willen mehr. Wahrscheinlich endeten sie in einem schmutzigen Bretterverschlag, ihrer Brieftasche beraubt, aber auch Maren phantasierte, hörte dunkles, gieriges Stöhnen in finsteren Hütten, sah, wie die Männer mit fiebrigen Händen den schwarzen Mädchen die wenigen Stoffstücke vom Leib zerrten, über sie herfielen ... Die Mädchen waren am Ende die Siegerinnen, doch das wußten diese Männer nicht.

Drei gepflegte Amerikanerinnen um die Sechzig schlenderten vorbei, entspannt, gelöst, glücklich, jede im Arm eines ebenfalls nicht mehr jungen Jamaikaners. Sie scherzten, lachten, streichelten sich.

Nippel drückten sich durch dünne Blusen, gewaltige Gehänge zeichneten sich unter Hosen ab, überall in den Blicken der Schwarzen war das Geschlechtliche sichtbar. Die Weißen waren begierig darauf, es einzufangen, sich anstecken zu lassen, oder aber sie hatten Angst davor, und ihre Körper sprachen davon. Viele fürchteten sich. Und standen unter Spannung. Hier war Sex nicht mehr berechenbar, man atmete ihn gleichsam mit der Luft.

Die schwarzen Männer gingen mit aller Zeit der Welt, lässig, beiläufig schlendernd, aber elastisch, aufrecht und mit einer stolzen, vergnügten Dreistigkeit. Die Frauen, so unterschiedlich sie waren, ob mit mächtigen Busen und drallen Hintern unter einfachen Kattunkleidern oder straffen jungen Brüsten und knackigen Ärschen unter aufreizenden Leotards – alle strahlten sie eine erdige Urwüchsigkeit aus, etwas Direktes, für Europäer höchst Verwirrendes. Sie waren selbstbewußt und doch fraulich, fordernd und doch anschmiegsam.

Maren saugte an ihrem Strohhalm, ließ den kühlen, nach Kokoswasser und Ananas schmeckenden Drink in ihre Kehle rinnen. Seit sie hier war, konnte sie nicht mehr klar denken. Die Konturen ihrer Gedanken verschwammen ständig, sie verlor sich in Eindrücken und Phantasien, wurde weich und nachgiebig und fühlte sich ständig berauscht. Sie konnte sich noch nicht entscheiden, ob das ein angenehmes Gefühl war oder nicht. Es war wie eine Art Virus.

Ein amerikanisches Ehepaar, beide um die Vierzig, ließ sich auf der gegenüberliegenden Seite der Bar nieder.

Die Frau schwankte leicht und stierte, um Fassung bemüht, an Maren vorbei, nachdem sie ein lautes »Hi!« von sich gegeben hatte. »Ich hab' genau gesehen, wie du sie angeschaut hast!« zischte sie. »Es macht mich rasend! Diese schwarze Schlampe!« – »Ach, hör doch auf«, gab der Mann mürrisch zurück und bestellte zwei Daiquiris. Maren senkte den Blick. Ein weiterer Fall des Virus.

Die Weißen verloren den Verstand hier. Ihr Hirn erhitzte sich und versagte den Dienst, zumindest den gewohnten, mit dem die Welt in einer übersichtlichen Ordnung gehalten wurde. Maren verstand die Frau. Aus Angst vor all der Lässigkeit, dem offensichtlich Körperlichen schlugen die Weißen um sich, steigerten sich in Rasereien hinein. Sie dachte an die ehemaligen Kolonialherren des Landes, die Briten. Aus ihrer Zeit auf der Insel waren Akte äußerster Grausamkeit bekannt. Vielleicht hatten sie versucht totzuschlagen, was sie bedrohte, weil es fremd und doch so lockend war, verwirrend in hirnzersetzendem Ausmaß.

Es gab hier auch keinen Schutz für Weiße. Europäer und Amerikaner waren es gewohnt, in festen, fast hermetisch geschlossenen Häusern zu leben, vor allem die Deutschen. Das Leben spielte sich innen ab, nicht außen. Hier jedoch gab es keine gemütlichen Räume, in die man sich verkriechen konnte. Auch Gefühle waren eher außen, wurden nicht unter Verschluß gehalten. Aber Maren war es gewohnt, sich in einem Restaurant mit dem Rücken zur Wand zu setzen und vor allen Eindringlingen – Gefühlen, Insekten, Leuten – die Tür zu verriegeln, wenn ihr danach war. Auch sie fühlte sich ausgesetzt. Und sie verstand diese Kultur nicht.

Sie dachte an Frank. Zumindest hatte sie gewußt, wo sie hingehörte. Sie hatte ein Zuhause gehabt. Und jetzt?

Sie zahlte, wehrte durch stummes Kopfschütteln einen Jamaikaner ab, der neben ihr herlief und ihr eine heiße Liebesnacht und erstklassiges Ganja versprach, ging ins »SamSara«, legte sich unter ihr Moskitonetz und weinte sich in den Schlaf.

4

Sie begann ihre nähere Umgebung mit einem geliehenen Rad zu erkunden. Gemächlich fuhr sie an den staubigen Banketten der gewundenen Straßen entlang, zuerst nur dort, wo viele Menschen waren, mit zunehmendem Mut auch auf einsamen Wegen. So war sie inmitten all der Eindrücke und konnte sich doch schnell entfernen, ohne sich auf jemand einlassen zu müssen. Sie kam vorbei an den Obstständen, an den Rasta-Buden, vor denen schlaksige Männer mit Dreadlocks herumlungerten und ihr träge nachblickten, an Villen, halbversteckt hinter verwilderten Gärten, an Dutzenden von bunt bemalten Hütten, in denen man ein kühles Red Stripe – das einheimische Bier – oder Limonade trinken konnte; sie sah das Meer, wild und rauschend am Fuße der schroff abfallenden Klippen nahe dem Leuchtturm von Negril. Sie fuhr, bis die Straße zu einem staubigen Kalkweg wurde, bis ihr keine Menschenseele mehr begegnete, nur noch schwarze Ziegen, die durchs Gestrüpp sprangen, Albatrosse, die über ihr dahinsegelten, dann und wann ein streunender Hund oder ein dürres Rind. Sie entdeckte Baumwollsträucher, die sie anstarrte, ungläubig, daß etwas, das sie nur aus Kinderbüchern und dem Schulunterricht kannte, hier wirklich wuchs. Sie strich zärtlich über die fedrigen roten Rispen des Bottle-Brush-Busches, sie bewunderte die rotgelben Blüten der Pfauenblume, die ihr wie ein Sinnbild vollendeter Weiblichkeit erschienen: Rote Griffel lehnten sich verspielt weit aus dem Kelch heraus, boten sich dar wie Mädchen, die mit Bedacht ihre Röcke hochrutschen lassen, um ihre Bewunderer zu erhitzen. Fünf Blütenblätter, gerüscht wie die Strumpfbänder einer Kokotte, leuchtend rot mit einem kräftigen gelben Band, bogen sich elegant nach hinten. Die Staude prangte mit Dutzenden dieser zarten, strahlend schönen Gebilde, eine Kaskade von Farben und Formen.

Sie hob eine schwer zu Boden geklatschte Blüte des Tulpenbaums auf: frivol rot, üppig, feucht, denn die Kelche waren mit Wasser gefüllt, bevor sie sich öffneten. Ein Abbild der sanften, wollüstigen Dolde der Frauen. Sie betastete den harten ledrigen Fruchtstand der Ingwerpflanze, der prahlerisch hochstand wie ein begehrlich aufgerichtetes Glied. Sie atmete den Vanilleduft der roten, weißen, rosafarbenen Oleanderbüsche. Auch die Pflanzen wirkten hier ungeniert und lüstern, als wären sie nie gezwungen worden, Scheu an den Tag zu legen. Ungehemmt schwelgten sie in ihrer Schönheit und Süße und sparten nicht mit verschwenderischen Auftritten.

Sie begab sich auf Seitenwege, begegnete nur noch hin und wieder Männern, die sie mißtrauisch oder ausdruckslos musterten, Frauen, die ihr aus dem Schutz ihrer Hütten nachsahen; sie kam an einer Bretterbude vorbei, in der sich Menschen zu dunklem, rasendem Getrommel wiegten und mit den Füßen stampften, ihr Herz schlug schneller, sie starrte hinüber und machte sich dann hastig davon, es war unheimlich, die Atmosphäre düster, bedrohlich. Später erfuhr sie, daß es unter den zahlreichen religiösen Glaubensrichtungen auf Jamaika eine Gruppe gab, die sich »Church of Zion« nannte und trotz offiziellen Verbots heidnischen Göttern Tieropfer brachte.

Sie aß bei einem der Stände am Straßenrand Hühnerflügel, die in einer alten Tonne über Holzkohle und Pimentholz knusprig geröstet, in Stücke gehackt und mit einer scharfen aromatischen Soße übergossen wurden; sie schob sich die Stücke in den Mund, lehnte sich dabei an einen Ackee-Baum und redete mit dem Koch, der sich als Honest John vorstellte. Er trug eine flauschige gelbe Kappe auf den Kraushaaren und versuchte ihr auch noch Berg-Ganja – das einheimische Marihuana –, Ganja-Kuchen, psychedelische Pilze und selbstaufgenommene Reggae-Tapes zu verkaufen. Sie wurde von aggressiv strampelnden Amerikanern auf Mountain-Bikes überholt und sah einen alten Rasta, der vergnügt kichernd quer über dem Lenker eines Fahrrads saß und sich von einem jungen Mann kutschieren ließ. Sie kam dicht an einer stämmigen Frau in Shorts und einem Netz-T-Shirt vorbei, das ihre schweren Brüste an den Leib drückte und sie nicht im mindesten verhüllte – Bilder, die sich ihr ins Hirn fraßen und Ahnungen hervorlockten: daß es hier eine Geilheit geben konnte, die herb und ungestüm schmeckte, als jagte man mit den schwarzen Katzen durchs Unterholz, huschte mit den Fledermäusen durchs Zwielicht und stürzte sich von den Klippen, um sich dann auf breiten Schwingen zum Nachthimmel zu erheben – Visionen von wogenden, klatschenden Körpern und einem dumpfen, begehrlich fremden Stöhnen, das jederzeit zum Schrei werden konnte.

Sie hatte ihre Haare zusammengebunden, trug sandfarbene Shorts, T-Shirts, eine Kappe und eine runde Sonnenbrille, und wenn sie ins »SamSara« zurückkam, war sie staubig und verschwitzt, und ihre Arme und Beine waren verbrannt, aber sie fühlte sich sehr lebendig.

Es hatte an diesem Tag einen leichten Nachmittagsregen gegeben, und die Nachtluft roch nach den Ausdünstungen Tausender von Blüten, nach ungestüm wucherndem Bambus, nach altem Wasser, das unter Wurzeln und dicke, ledrige Blätter gekrochen war.

Maren saß im Garten und stocherte in ihrem Ziegencurry. Die Abende wurden zum Problem. Tagsüber lag sie am Strand, plauderte mit John oder Alicia, unternahm Fahrradtouren. Aber abends brach die Einsamkeit über sie herein, und alles Vernünftige in ihrem Kopf verhedderte sich zur Unkenntlichkeit. Sie war nur noch Sehnsucht und Angst. Es fehlte nicht an aus dem Dunkel geflüsterten Angeboten, aber sie war zu ängstlich, konnte sich zu nichts entschließen. Doch sie wollte natürlich auch nicht in ihrer Hütte liegen und lesen. Und genauso wenig mochte sie allein in den Bars am Strand sitzen und die Liebespaare und die Sexjäger mit den hungrigen Augen beobachten.

Die Luft legte sich cremig auf ihre Arme. Irgendwo dröhnten wie immer Bässe, und im Sumpf schnarrten Millionen von Zikaden im Einklang mit dem Piepsen der Frösche.

Ein Bild ging ihr nicht mehr aus dem Kopf. Auf dem Weg zu einem Restaurant auf den Klippen, am Ende des Strandes von Negril, war sie an einem finsteren Schuppen vorbeigekommen, aus dem trübes rotes Licht und stampfende Rhythmen quollen. Im Vorbeifahren hatte sie gesehen, daß in einem Fenster neben dem Eingang der Hintern einer Frau kreiste. Gruppen von Männern standen im Dunkeln vor der Bude. Sie hatte den Taxifahrer danach gefragt, der amüsiert gesagt hatte: »That is go-go-place. Rough place, lady, rough.« Doch sie wurde dieses Erlebnis nicht mehr los, es kitzelte etwas in ihr, faszinierte sie, strahlte einen düsteren Zauber aus. Das Verbotene. Sie wollte sehen, was dort vor sich ging. Sie wollte extreme Erlebnisse.

Schon immer hatte sie in eine Strip-Show oder so etwas gehen wollen, doch keiner ihrer Freunde war bereit gewesen, sie mitzunehmen. Sie hatten ihr davon erzählt, als sie nachgebohrt hatte, und es als eine Sache ihrer persönlichen Vergangenheit abgetan. Aber in ihrem Kopf hatten die Phantasien herumgespukt. Verführerisch schöne farbige und asiatische Tänzerinnen, hochgewachsene Französinnen in rotem Schummerlicht, die ihre langen Beine schwangen, sich zu schwüler Musik wanden, straßbesetzte Büstenhalter abwarfen und danach das Kleinod zwischen ihren Beinen erregten Männern gegen Geld anboten, in kleinen plüschigen Logen. Erhitzter Atem, rote Köpfe, gelassene, schöne Huren mit langen Wimpern und süßem, professionellem Lächeln. Die Männer, die durften das sehen, hatten Zugang zu der Halbwelt, die sie so sehr faszinierte. Sie würde das jetzt ändern, dieses ewige Ausgeschlossensein, die blöde Heimlichtuerei dieser bornierten Gipsköpfe. Und wenn es nur in einer Bretterbude auf Jamaika war.

Sie stand energisch auf, warf den Katzen ein paar Knochen hin und stieg zu ihrem Zimmer hinauf. Sie schlüpfte in eine nachtblaue, gerade geschnittene Leinenhose; dazu eine blaßblaue hemdartige Baumwollbluse und Turnschuhe. Sie band sich die Haare zusammen und stülpte ihre Schirmmütze darüber.

Sie schloß ihr Zimmer ab, hüpfte elastisch die Treppe hinunter. John machte es sich eben im Büro bequem. Sie rief seinen Namen und winkte ihm, als sie vorbeiging. Er winkte sanft zurück.

Als sie das Gittertor ihrer stillen Gartenwelt hinter sich schloß, wurde ihr mulmig. Autos ratterten vorbei, auf der anderen Straßenseite lärmte eine Gruppe amerikanischer Touristen, junge Jamaikaner rasten halsbrecherisch mit Motorrädern die Straße entlang. Im gelben Lichtkegel der Laternen schwirrten Falter, so groß wie kleine Fledermäuse.

Ein schwarzer Arm winkte aus einem vor ihr bremsenden rostigen Lada. »Hey, lady, taxi?«

Sie stieg ein, landete mit den Füßen in alten Zeitungen und mit dem Hintern in einer Art Loch im Sitz. Fensterkurbeln gab es auch hier keine mehr. Dafür hatte der Fahrer vorne sämtliche Fenster offenstehen. Sie gewöhnte sich allmählich an diese Art von Autos.

Der Fahrer brauste los und steuerte elegant um die riesigen Schlaglöcher herum. Bald drang würziger Meeresgeruch durchs Fenster herein, nach Fisch und Algen, vom Salzwasser umspülten und mit Seepocken besiedelten Felsen – sie waren am Westend, wo der Strand zu Ende ging. Sie hörte das dumpfe Hämmern des Dance-Hall-Sounds, der monotonen, abweisenden Musik, die sich neben dem traditionellen Reggae im Land breitgemacht hatte. Die ganz jungen Leute hörten ihn gern, Maren fand ihn scheußlich, unsinnlich und brutal. Eberhard wäre bestimmt anderer Meinung gewesen.

Sie bezahlte den Fahrer und riß hektisch an der Tür. Sie ging nicht auf. »Cool, moment«, sagte der Fahrer, stieg in aller Seelenruhe aus und öffnete die Tür von außen. Sie verabschiedete sich kurz und ging schnell über den Vorplatz der Bar auf den Eingang zu.

Auch heute standen Gruppen von schwarzen Männern vor der Hütte zusammen. Ihre Gesichter konnte sie nicht erkennen, aber sie spürte, daß sie gemustert wurde. Sie ging hastig und steif, wie sie fühlte, und näherte sich dem ominösen Fenster, in dem ein kaffeebrauner Hintern kreiste. In der Falte das schmale grüne Band eines G-String. Maren trat über die Schwelle. Das Hämmern wurde laut, trübes rotes Licht, zu ihrer Linken ein grob gezimmertes Holzpodest, auf dem sich die Tänzerin bewegte. Rechts ein Tresen, an dem mehrere Leute standen, dahinter Frauen. An der Wand Bänke, auf denen Männer und Frauen hockten, die zur Bühne starrten, jetzt zu ihr. Im Hintergrund eine weitere Bar. Sie durchquerte schnell den Raum und setzte sich auf einen der Hocker am Tresen. Ein fettes Mädchen mit strähnigen Haaren und leerem Blick schlurfte heran. »What for you?« – »Rum Coke, please.«

Sie wagte es wieder, zur Bühne zu schauen, prüfte dabei, ob man sie noch beobachtete. Doch das Interesse an ihr war schon wieder erloschen. Die Frau auf der Bühne war interessanter. Sie schüttelte mit gelangweiltem und verächtlichem Gesichtsausdruck in einer hektischen, rohen Bewegung ihr Becken vor und zurück, daß ihr Fleisch schlackerte, unentwegt, wie ein Automat, im Stakkatorhythmus der Musik. Sie trug ein knapp sitzendes Bikini-Oberteil, dazu den G-String, ausgetretene billige Pumps und absurderweise filzige Wollstulpen an den Waden. Mit einer Hand hielt sie sich jetzt an den schrägen Dachstreben fest, um ihr Becken noch härter vor- und zurückstoßen zu können; dabei wies sie mit der anderen auf ihren hervorstehenden Venushügel und grinste höhnisch zu den Männern an der Wand hinüber. Einige johlten.

Das fette Mädchen schob Marens Drink über den Tresen. Sie zahlte, trank gierig. Beruhigung. Die Show war brutal und obszön. Sie fühlte sich schrecklich, aber etwas fesselte sie.

Die Frau stapfte zu einem Stuhl am Bühnenrand. Sie wischte sich mit einem Handtuch Hals und Nacken ab, klatschte es auf den Stuhl zurück, marschierte wieder zur Mitte, setzte ihren seelenlosen Auftritt fort. Sie sah aus, als arbeitete sie nach der Stoppuhr. Ihr Gesicht war hart und verbraucht.

Der Raum füllte sich. Männer drängten sich am Tresen und schäkerten mit den Bardamen. Unter den Gästen waren auch Frauen, die offenbar von ihren Männern mitgenommen wurden. Sie schien an der Situation nichts zu stören, sie starrten auf die Tänzerin und verzogen keine Miene.

Maren leerte ihr Glas, bestellte noch einen Drink. Sie hatte sich in eine unmögliche Situation gebracht, fand sie, sie wußte nicht, wie sie hier jemals wieder hinauskommen sollte, sie fühlte sich wie versteinert und an diesem Barhocker festgewachsen und sehnte sich nach jemand, der sie an der Hand nehmen und nach Hause bringen würde. Sehr mutig. Da hockte sie mit ihrer blöden Kappe auf dem Kopf im Go-go-Schuppen und erstarrte zur Salzsäule. Erstklassige Leistung. Vielleicht war die Show ja auch gar nicht so brutal, und sie war nur völlig verklemmt. Jedenfalls war sie schockiert, getroffen. Aber es faszinierte sie, mit welcher Roheit sich diese Frau präsentierte. Für sie war Sex nichts Mystisches mehr, sondern eine simple Angelegenheit, die vollzogen wurde. Ob sie wohl noch Spaß dabei hatte?

Die Tänzerin verließ die Bühne, legte sich ihr Handtuch um den Hals. Eine der Frauen am Tresen nahm ihre

Stelle ein. Sie trug eine weiße Blume im Haar und hatte aus der Entfernung exotisch und aufregend ausgesehen. Kaum stand sie jedoch im Bühnenlicht, wirkte sie ebenso verlebt und verhärtet wie ihre Vorgängerin. Maren trank. Die Musik hämmerte überall in ihr. Immerhin, diese Frauen hatten keine dummen Prinzessinnengefühle mehr. In den Dreck damit, höhnisch darauf niederblikken!

Diese Frau bewegte sich schmeichelnder, rollte, zuckte, wand sich, als wollte sie den Leuten etwas bieten für ihr Geld. Maren fühlte sich taub. Ihr Körper war fast gefühllos vor Anspannung. Was fanden diese Männer an solch grober Direktheit? Wieso verstand sie nicht, was an dieser Show erregend war? Konnte das nur ein Mann begreifen?

Die Luft in der Bude war schwül und roch muffig, nach Schweiß, Rauch, Ausdünstungen. Die erste Tänzerin marschierte an ihr vorbei und warf ihr einen wissenden, spöttischen Blick zu. Maren hielt sich an ihrem Glas fest. Sie fing heftig an zu schwitzen, als sie sah, daß die Frau auf der Bühne nun mit einem Ruck ihr Oberteil löste und es mit einem schlüpfrigen Grinsen zur Seite schleuderte. Sie ließ ihre großen Brüste wogen und beben, die Männer grölten, dann hielt sie sich an den Dachstreben fest und wackelte mit dem Becken nach vorn, beugte den Oberkörper nach hinten, so daß ihr Geschlechtsteil direkt in den Blick der Männer rückte. Dann hangelte sie sich wieder hoch, wackelte weiter mit den Brüsten und öffnete den Riemen ihres Höschens.

Ihre ruckartigen Bewegungen ließen das Stück Stoff über ihre Beine nach unten rutschen, sie riß es hoch und warf es zur Seite. Ihr Schamhaar war ein großes dunkles Dreieck. Einige der Männer drängten sich jetzt nach vorne, näher an die Bühne, warfen ihr Sätze zu, brüllten, lachten, machten eindeutige Gesten. Einer reichte ihr etwas. Die Frau schien schon darauf gewartet zu haben, sie hielt es hoch, es war eine Bierflasche. Unter Johlen und Klatschen begann sie sich jetzt mit dem Unterleib auf die Flasche zu senken, die sie vor sich auf den Boden gestellt hatte. Sie wand sich und kreiste und näherte sich der Flaschenöffnung, die sie unter dem Gebrüll der umstehenden Männer in ihrer Scheide versenkte.

Noch nie hatte Maren etwas so Vulgäres gesehen. Gedränge herrschte vor der Bühne, der Raum wurde immer voller, auch viele schwarze Paare kamen herein, begrüßten Freunde, warfen amüsierte Blicke auf die Tänzerin. Es schien sich um den Höhepunkt des Abends zu handeln. Sie hatte mal irgendwo gehört, daß eine Flasche einen Saugeffekt auslösen konnte. Wenn die Flasche nun in der Scheide der Frau stecken blieb? Ihr wurde fast übel. Sie mußte hier raus. Sie spürte, wie ihr der Schweiß den Rücken hinunterlief. Ein hagerer Typ mit Dreadlocks schien sie zu fixieren. Aber sie fühlte sich wie angeleimt. Sie kam nicht weg. Das leere Glas hatte sie immer noch umklammert.

»Are you all right?«

Ein weißes Gesicht. Das einzige außer ihrem. Ein Mann. Weizenblond, mit einem ernsten, intelligenten

Gesicht. Erfahren. Kluge, einfühlsame Augen. »Es geht.« Sie zog eine Grimasse. »Ziemlich seltsam hier.« Er würde sie retten. Sie spürte eine unaussprechliche Erleichterung.

»Das ist eine ganz harte Szene hier. Wie bist du da hereingeraten? Ich heiße übrigens Dave, bin aus Miami. Möchtest du noch was trinken?«

Maren nickte. Ein gealterter College-Junge, mit der ruhigen Intelligenz, die sie bei dieser Art von Männern aus den USA schon immer geschätzt hatte, unaufdringlich. Ein Abenteurer. Sie hatte wirklich mehr Glück als Verstand.

»Ich bin öfter hier.« Er setzte sich auf den Hocker neben sie. »Ich spiele da hinten mit ein paar Jungs Billard. Der Laden hier hat eine gewisse Ehrlichkeit, finde ich. Aber für ein Mädchen ist es bestimmt härter. Cheers.«

Sie prosteten sich zu, und Maren fühlte sich jetzt in der Lage zu lächeln, ihr Gesicht gehorchte ihr wieder. Dave gefiel ihr. Er war vertrauenswürdig. Ein Bruce-Springsteen- und Lou-Reed-Hörer. Verblichene Blue Jeans, ein weißes, etwas angeschmuddeltes T-Shirt, alte Cowboy-Stiefel.

Sie erzählte ihm, wie sie hierher geraten war. Daß sie noch nichts mit ihren Abenden anzufangen wußte, daß sie ihren Freund verlassen hatte, daß sie wütend war, weil die Männer Privilegien besaßen, die ihr offenbar nicht zustanden. Daß sie alles hier furchtbar fand. Er hörte zu und nahm große Schlucke von seinem Drink. Dann bestellte er ihnen beiden neue. Sie lachten gemeinsam über die Situation. Er sagte, er erhole sich auf der Insel davon, verlassen worden zu sein, nach fünf Jahren, von der großen Liebe seines Lebens, einer schwarzhaarigen Kalifornierin, die ein bißchen ausgesehen habe wie Joan Baez. Wenn er von ihr sprach, hörte man die Sehnsucht.

Sie versuchten einander zu erklären, woran es gelegen haben könnte, daß man sich nicht verstand. Nach einer Weile waren sie ziemlich betrunken und einigten sich darauf, daß dieses Gespräch ein Akt der Geschlechterverständigung sei. Sie stießen wieder an.

Die Musik schien lauter zu werden, der Raum war voll, erst jetzt sah Maren, daß Paare begonnen hatten zu tanzen. Sie war allerdings nicht sicher, ob man das noch als Tanzen bezeichnen konnte. Für sie war es ein Geschlechtsakt. Die Männer hatten die Hinterbacken der Frauen umklammert und drückten sie fest an sich. Jeder hatte ein Bein vom anderen zwischen den Schenkeln und rieb und wand sich hemmungslos. Es sah in jeder Hinsicht unanständig aus, erschreckend und verlockend zugleich. Maren fühlte sich mehr denn je wie eine Voyeuse.

»Wollen wir tanzen?« sagte Daves Stimme an ihrem Ohr.

Einen Moment starrte sie entsetzt in seine wasserblauen Augen. Dann nickte sie. Nieder mit der Prinzessin. Sie hatte nichts zu verlieren. Und sie war sowieso betrunken.

»Für ’nen Jungen hält dich hier eh keiner«, grinste Dave und zog sie hinter sich her. Sie nahm die Kappe ab, strich sich durch die fallenden Haare. Es war gut, einen Männerkörper dicht bei sich zu spüren. Dave roch männlich, nach frischem Schweiß, ein bißchen nach Staub und Leder. Er nahm ihren Hintern, ein bißchen zögernd.

»Yeah, man«, grölte ein alter Schwarzer neben ihnen, »you do it right, man. Show dem girl how we dance in Jamaica.«

Sie drängte sich dicht an Dave und spürte, wie sich sein Glied aufbäumte, als sie sich an ihm zu reiben begann. Ihr wurde glühend heiß. Er packte sie fester. Sie sah die Bewegungen der Tänzerinnen vor sich. Ihr Becken kreiste auch. Sie war wild auf diesen harten Schwanz an ihren Hüftknochen, an ihrer Muschi. Sie wollte seine Jeans durchnässen. Sie umklammerten sich mit gierigen Griffen. Ihr Kopf lag an seiner Schulter, sie brauchten sich nicht mehr ins Gesicht zu sehen. Dies hier war jenseits der üblichen Grenzen. Sie hatten vieles gemeinsam, und sie würden ein kleines Geheimnis haben.

Sie schienen Stunden so zu tanzen. Maren hatte die Augen geschlossen, sie spürte nur noch diesen kräftigen Körper, ihre flammende, halbwunde Scham, ihr rollendes Becken. Sie fühlte sich wie eine Negerin. Das Hämmern in ihrem Kopf. Das Pulsieren in ihrer Muschel. Sie kannte sich selbst nicht mehr. Sie wollte nicht mit diesem Mann nach Hause, ihn ins Bett nehmen. Sie wollte sich hier, öffentlich, an ihm befriedigen. Sie war kurz davor, und er wußte es. Sie wurde heftiger, schneller. Er geriet aus dem Rhythmus und stöhnte an ihr Ohr, verkrallte sich in ihren Hintern. Jetzt hatte er bestimmt einen großen Fleck auf der Hose, wie die Jungs in ihrer Jugend, wenn man sich voll bekleidet im Mädchenzimmer herumdrückte und die jungen Männer Ströme von Sperma in ihre Kleidung verspritzten. Er hielt sie noch fester, ihr Schamhügel würde ihm blaue Flecken machen, dann spuckte ihr Herz Feuer, und es kam ihr, sie verbarg ihr Gesicht an seiner Schulter, streichelte wie zur Entschuldigung leicht über seinen knackigen Hintern, versuchte das Zucken unter Kontrolle zu bekommen. Als sie mit verschwommenem Blick wieder auftauchte, schaute sie direkt in die Augen einer hübschen Negerin, die ebenso mit ihrem Freund tanzte und ihr in freundlichem Einverständnis zunickte.

»So was hab' ich seit meiner Zeit als Rocker nicht mehr gemacht«, sagte Dave heiser. »Es hat was.«

Sie grinsten sich verschwörerisch an. Keine Peinlichkeit.

Dann stolperten sie durch das nächtliche Negril nach Hause, erzählten sich brüllend vor Lachen Reiseerlebnisse. Dave sagte, er habe die nackte Panik bekommen, als er zum ersten Mal in dieses Land gekommen sei, jetzt sei er zum elften Mal hier; Maren berichtete von ihrer Insektenangst. Sie sahen einen nußgroßen, gelb glimmenden Leuchtkäfer – ein Moonie, erklärte Dave ihr –, und der Himmel war wie immer gespickt mit Sternen.

Vor dem Tor verabschiedete sich Dave, indem er Maren auf die Stirn küßte. »Farewell, my lady«, meinte er.

»Danke«, sagte Maren.

Dann drehte er sich um und wankte die Straße entlang. Sie sah ihm ein bißchen traurig hinterher, wandte sich ab und versuchte so lautlos wie möglich durchs Tor zu kommen. John war zum Glück nirgendwo zu sehen. Er rauchte wahrscheinlich wieder heimlich Ganja auf dem Klo. Sie ließ sich ungewaschen und ohne das Zimmer auf Insekten zu untersuchen ins Bett fallen.

5

Nach einiger Zeit war ihre Haut karamelbraun und elastisch, ihr Haar weich und wellig, vollgesogen mit Feuchtigkeit, und sie hörte auf, die Tage zu zählen. Wenn sie in den Spiegel sah, was selten vorkam, spürte sie, daß sie besser aussah als je zuvor, und stellte fest, daß ihre Augen einen neuen Glanz und einen lebhaften Ausdruck hatten. In Deutschland hatte sie sich zuletzt immer gefühlt, als blicke ihr ein altes Weib mit Steinaugen entgegen. Sie schien nicht mehr in einem Korsett zu stecken, trug nicht mehr schwer an der Last ihres Körpers, sondern fühlte sich biegsam und kräftig. Pünktlich zu funktionieren war ein lächerliches Ziel, das sie nun sowieso nicht mehr verfolgen konnte, da sie so langsam geworden war: Ihr kam es vor, als brauche sie für alle Tätigkeiten dreimal so viel Zeit wie in ihrer Heimat, und das war noch zu schnell. Nicht sie zwang den Bewegungen ihren Rhythmus auf, sondern die Bewegungen brachten sie einfach dazu, das ihnen innewohnende Tempo zu befolgen. Sie wurde sich selbst erträglicher.

Zwar beneidete sie immer noch die Schwarzen um ihre Art, gedankenlos in ihrem Körper zu wohnen – sie bewegten sich mit ökonomischer Langsamkeit, verschwendeten niemals Energie durch Verkrampfungen, und ihre Bewegungen waren, wenn auch nicht immer elegant, so doch in sich schlüssig, aus einem Guß, verwurzelt. Für alle Weißen blieb deren Art, in sich selbst zu leben, ein Geheimnis, etwas Beunruhigendes. Ihre eigene Haut, dachte Maren, würde immer irritiert sein; niemals konnte sie zum Beispiel eine Kakerlake mit dem bloßen Fuß tottreten, wie John dies tat, sie würde sich immer angreifbar fühlen, immer bemüht sein, imaginäre Feinde abzuwehren. Aber ihre Füße waren mehr mit dem Boden verbunden, seit sie hier war, und sie agierte nicht mehr wie eine Marionette, deren Glieder ruckartig bewegt wurden.

Eines Tages fragte Sara sie, ob sie nicht Lust auf eine Aloe-Massage hätte; sie kenne ein sehr nettes einheimisches Mädchen, das auf der Schule hervorragend massieren gelernt habe. Die Aloe, Bestandteil jedes Sonnenschutzmittels, sei sehr gut für die Haut, und sie habe doch bestimmt Verspannungen in den Schultern. Das gab Maren etwas unwillig zu. »Massage« klang gut.

Dann kam Pearl. Sehr schlank, fast eins achtzig groß, mit einem Kopf voll schimmernder schwarzer Löckchen und einem üppigen Mund. Sie war ein ausnehmend hübsches Mädchen, wie Maren etwas erschrocken feststellte. Sie hatte ein rotes Täschchen umhängen und trug zwei Aloe-Stengel unter dem Arm. Unter ihrem bunt gemusterten Baumwollkleid zeichneten sich kleine, feste Brüste ab, und an einer Schulter lugte ein rosafarbener BH-

Träger hervor. In ihren Ohrläppchen steckten zwei kleine grüne Plastikherzen. »Hello, dear«, sagte sie mit einem offenen, reizenden Lächeln. »My name is Pearl.«

Maren stellte sich auch vor, konnte aber vor sich selbst eine gewisse Unsicherheit nicht verleugnen. Diese Schönheit sollte sie nun massieren? Der Schwung ihrer Oberlippe hatte etwas Verletzliches, Süßes, das Männer sicher zur Raserei bringen konnte und das Maren einen haarrißdünnen Schmerz in der Brust zufügte, ein fernes Ziehen, eine vage Sehnsucht auslöste. Pearl bewegte sich unbefangen, aber mit einer schläfrigen Langsamkeit; sie hatte eine Art erotischen Schmelz, dem sich bestimmt kaum jemand entziehen konnte.

Maren hatte Pearl im Garten erwartet und ging ihr nun voraus nach oben zum Balkon. Auf die Liege hatte sie vorsorglich eines ihrer großen Badetücher gelegt. Sie trug ihren azurblauen Bikini, darüber ein hellblaues Seidenhemd, das ihr bis auf die Schenkel reichte. Pearl plauderte ein bißchen, erzählte ihr, daß die Aloe in den Bergen wachse und man das Gelee aus den kakteenartigen Stengeln auch essen könne, am besten kühl, das sei gut zur inneren Reinigung. Sie legte ihr Täschchen ab, forderte Maren auf, sich auszuziehen. »Das Oberteil auch, gibt sonst Flecken«, sagte sie, als Maren ihr Hemd abgestreift hatte und sich hinlegen wollte.

O Gott, sagte sich Maren innerlich. Aber es hatte etwas Erregendes, vor dieser Frau ihre Brüste zu zeigen, sich zu entkleiden. Sie verstand die weißen Frauen nicht, die barbusig den Strand entlangmarschierten und ihre wippenden, überwiegend nicht sehr ansehnlich geformten Brüste aller Welt zur Schau stellten. Für sie waren ihre Brüste ebenso intim wie ihre Muschi, Körperteile, die sexuell waren, nicht neutral wie Arme oder Ohren. Sie zu zeigen war eine erotische Handlung.

Mit etwas ungeschickten Fingern knüpfte sie die Träger des Oberteils auf und legte es ab. Dann streckte sie sich auf der Liege aus, fühlte sich sehr verletzlich, erwartungsvoll, und ein leichter Schauer lief über ihre Haut.

Pearl durchstieß mit zwei Fingern die dünne Haut über der Schnittstelle des Aloe-Stengels und grub ein klares Gel heraus. Es zog Fäden. Ein paar Tropfen fielen herab und ließen Maren zusammenzucken.

»Relax, dear«, sagte Pearl ruhig. »It will do you good. Just relax.« Maren schloß die Augen und versuchte, nicht mit den Lidern zu zucken und gleichmäßiger zu atmen. Dann spürte sie, wie Pearl mit gleichmäßigen, sanften Bewegungen die glitschige Flüssigkeit auf ihrem Bauch verteilte. Sie seufzte leicht. »So ist es gut«, sagte Pearl. Ihre straffen, glatten Handflächen begannen sich Marens Körper untertan zu machen. Es war angenehm, so passiv zu sein, sich einfach auszuliefern. Marens Sinne wanderten immer zu der Stelle, die Pearl gerade bearbeitete, streichelte, knetete, bestrich. Jede Pore ihrer Bauchdecke schien zu atmen, sie spürte jeden Muskel, der hart war, jede Sehne kam ihr zu Bewußtsein. Als Pearl mit ihrem Bauch fertig war, fühlte er sich warm und locker wie nie zuvor an, durchblutet, gelöst. Dann waren die Beine dran. Pearl lockerte jede Zehe einzeln, zog daran, ließ sie kreisen, Maren kicherte ein bißchen, weil es kitzelte. Als Pearl begann, mit zarten, festen Bewegungen ihre Fußsohlen zu massieren, durchströmte Maren ein aufgeregtes, waberndes Gefühl, Nerven in allen Teilen ihres Körpers reagierten auf diese Berührung, wurden wach, auch die in ihrer besonders sensitiven Lustblüte, die wenigstens züchtig vom Bikini-Höschen bedeckt war. Aber wahrscheinlich wurde sie mollig und ein bißchen feucht. Hoffentlich sah man nichts.

Jetzt ging Pearl zum Glück zu den Waden über. Mit den Handkanten lockerte sie die Muskeln, hob Marens Beine, ließ sie im Knie abknicken, behutsam. Maren sank in eine Art schläfrige, willenlose Hingabe. Dieses Mädchen tat wunderbare Dinge mit ihr. Kein Grund zur Aufregung. Hin und wieder hörte sie das Schmatzen der Pflanze, wenn Pearl ihr das Gelee abzapfte, dann tropfte meist einer der Fäden auf ihre Haut – wie frisch verspritztes Sperma, dachte sie einmal. Ruhe.

Pearl legte die schweren, schlaffen Beine zurück an ihren Platz und widmete sich Marens Dekolleté. Sie dehnte die Muskeln an den Schultern, griff um ihren Hals herum, geriet an die schmerzenden Stellen – eine Wohltat war das, als ihre Fingerkuppen diese Verknotungen zu lösen begannen. Pearl strich eine extra Schicht Gel auf die empfindliche Haut des Dekolletés und begann die Brüste zu umkreisen. Maren zwang sich, nicht die Luft anzuhalten. Sie sah Pearls Mund vor sich, sie spürte die Hitze ihrer Haut, ihre Vulva wurde feucht. Ihre Halbkugeln schienen zu wachsen, sich Pearl geradezu entgegenzustrecken, die Nippel waren hart wie Granit und standen unübersehbar hervor. Sie konnte es nicht ändern. Sie begann zu zerfließen. Pearls Hände umklammerten den Rand der Hügel und glitten etwas höher. Die kühle Fläche ihrer Hand schlidderte plötzlich wie unabsichtlich über die empört starrenden rosaroten Knöpfe, ihre Finger umspielten kurz, wie eine Einbildung, den Hof, zogen sich dann zurück. Es war unglaublich. Maren zweifelte jetzt nicht mehr daran, daß dieses Mädchen sie mit Vorsatz aufgeilte. Was ging hier vor?

»Turn«, sagte Pearl. Ihre Stimme schien ein wenig rauh, tiefer als zuvor. Vielleicht wurde ihr Höschen auch feucht? Hilfe. Maren versuchte sofort den Gedanken an Pearls Teil zu verdrängen. Bestimmt war es riesig, schmatzend, außen schwarz und innen rosa... Aufhören! befahl sie sich.

Sie drehte sich auf den Bauch und geriet wieder in den Zustand schlaffer Gelöstheit und heftiger Dankbarkeit, als Pearl sich ausgiebig mit ihrem Rücken beschäftigte und versuchte, wieder Leben in die verhärteten Muskeln zu bringen. Maren war allmählich ein Bündel widerstreitender Sinnesempfindungen, durch und durch weichgeklopft, eine Molluske, eine aufgegeilte Meeresschnecke. Absurd.

Nun spreizte diese Hexe doch tatsächlich Marens Beine, legte sie auseinander, um zuerst die Handkantenschläge auf die Waden zu wiederholen, dann aber nachhaltig Marens Schenkel zu walken, wobei sie immer wieder scheinbar versehentlich an die schwitzende, dicke

Muschel geriet. Als ob die Innenflächen der Schenkel nicht schon schlimm genug wären, sagte sich Maren. Sie war ziemlich sicher, daß sie jetzt Flecken auf dem Höschen hatte, sie war einfach zu geil, um abzuwehren, und wußte nicht mehr, was zu tun war. Die Phantasien von Pearls lüsternem Schmuckstück, geschwollen und tropfend, ließen sich nicht mehr kontrollieren. Pearl hatte sie soweit: Sie war willenlos.

Jetzt hörte sie ein vergnügtes »Okay«. Ungläubig wälzte sie sich auf den Rücken und schlug die Augen auf. Pearl war schon damit beschäftigt, sich ihr Täschchen umzuhängen und sich den verbliebenen Aloe-Stumpf unter den Arm zu klemmen. »Did you enjoy it?« fragte sie mit einem gleichermaßen unschuldigen wie durchtriebenen Lächeln.

Maren konnte es nicht fassen. Wie kriegte die das hin? »Mhm«, antwortete sie, außerstande, irgend etwas zu formulieren.

»Soll ich in drei Tagen wiederkommen?« wollte Pearl jetzt wissen. »Bin dann wieder in Negril.«

Maren nickte. Sie hätte es nicht ertragen können, Pearl gleich wieder aus den Augen zu verlieren. Derlei Sensationen konnten einen abhängig machen. Außerdem war sie neugierig. Was würde beim nächsten Mal passieren? Pearl sah auch ziemlich erhitzt aus. Auf ihrer Stirn standen kleine Schweißperlen. Bestimmt nicht nur vom Kneten, sagte sich Maren.

»Bye bye«, flötete Pearl und entschwand.

Zurück blieb ein leichter Kokosduft und das Feuer

zwischen Marens Beinen. Schwerfällig erhob sie sich, halb schwindlig, stapfte ins Zimmer, wobei ihre pochende Muschi sie am Laufen hinderte, und kramte in ihrer Reisetasche herum. Ganz unten hatte sie ihre Neuerwerbung versteckt. Zweifellos der richtige Augenblick, sie einzuweihen.

Aufseufzend ließ sie sich aufs Bett fallen, riß das Bikini-Höschen herunter, glitt mit dem Mittelfinger an ihrem eingeseiften Fleisch entlang, ertastete kaum mehr Konturen, schob gierig den schwarzgoldenen Stab in den Schlund, tief hinein, zog ihn wieder heraus, ließ ihn auf- und abrutschen, wühlte, stieß, preßte mit der anderen Hand ihren Kitzler, der stand wie ein Mini-Schwanz, hob und senkte besinnungslos ihren Unterleib, wobei wilde Visionen von Pearls Geschlechtsteilen – in ihrem Mund, an ihren Fingern, über ihrem Gesicht – in ihrem Kopf herumrasten. Es dauerte nicht lang, ging viel zu schnell, daß es ihr kam, die erleichternden Krämpfe schüttelten sie, und danach war sie nicht viel ruhiger, trieb es weiter, ließ den Vibrator, kein Fremdkörper mehr, sondern ein warmes, gutes Instrument, in den engen Feuertunnel hineingleiten und schwelgte in Phantasien, bis sie sich ein zweites Mal verströmte, ihr Körper feucht von Schweiß und dem Aloe-Gel. »Na warte, Pearl«, sagte sie sich. »Nächstes Mal kommst du nicht so einfach davon.«

Am Mittag des darauffolgenden Tages erlebte sie ihren ersten heftigen tropischen Regen. Sie war am Strand gewesen, hatte wie immer den Fischern zugeschaut, das Wasser genossen und sich in der Sonne geräkelt. Dann waren tintenblaue Wolkengebirge aufgezogen, die Sonne hatte sich in kurzen Abständen grell einen Weg gebahnt und war vom nächsten Wolkenknäuel verschluckt worden. Maren hatte ihre Sachen gepackt und sich auf den Rückweg gemacht. Jetzt saß sie auf ihrer Veranda, ihre Haut heiß von der Sonne, und schaute in die herabstürzenden Fluten. Der Regen hatte von einer Sekunde zur anderen eingesetzt, und plötzlich war die Luft erfüllt vom Trommeln der Wassermassen und einem hellgrünen, kristallenen Duft, der die Sinne kühlte und wach machte.

Die Erde sog das Wasser gierig auf und nahm wieder ihre lehmige, nachgiebige Form an. Sie dampfte und verströmte ein würziges Aroma. Wuchtig hämmerten die dicken Tropfen auf die mächtigen Blätter der Bananenstauden und Brotfruchtbäume, die unter diesem Beschuß erzitterten. Blüten stürzten getroffen und zerfleddert zu Boden, Kokosnußbündel wankten unter gefiederten Wedeln, die Äste des Mandelbaums bogen sich unter der Last des herabstürzenden Wassers. Die Katzen waren mit einem Sprung unter Tische gehechtet, die Insekten unter Blätter geflogen, oder aber sie waren gnadenlos zu Boden geschmettert worden und trieben hilflos in Rinnsalen dahin. Maren empfand das Haus plötzlich als schützend, fühlte sich geborgen unter dem festen Holz- und Schilfdach. Es hielt diesem gewaltigen Regen stand, also war es ein gutes Haus.

Unten im Garten bewegte sich etwas. Sie schaute verblüfft hinunter und wandte den Blick nicht mehr ab.

Ein junger Schwarzer stand dort. Er sah sie nicht. Seine Shorts waren durchnäßt, sein Hemd hatte er ausgezogen und trug es in der Hand. Das gläserne Wasser rann in Strömen über seine schimmernde, ebenholzfarbene Haut, und er hatte die Augen geschlossen und hielt genußvoll sein Gesicht in den Regen. Er hatte kurze Dreadlocks, aus denen Bäche tropften, und einen kräftigen, vollendet geformten Körper. Sein Gesicht war jung und klar, mit einem großen, sinnlichen Mund. Er wirkte wie eine kostbare Statue, die dem Regengott geweiht war.

Maren starrte gebannt zu ihm hinunter, wagte sich aber nicht zu rühren, aus Angst, er könnte sie bemerken. Ein heißer Schauer überlief sie, als sie mit dem Blick über seinen Körper glitt und sah, daß sich unter den Shorts das mächtige erigierte Glied des jungen Mannes abzeichnete. Er bot sich dem Regen dar, verschmolz mit den Elementen, ehrte sie mit seiner Lust. Ihre Vulva wurde schlüpfrig und groß, so sehr ahnte sie, wie sich dieser Phallus anfühlen mochte, wie kräftig, heiß, hart und zart er sein würde, an ihren Fingerspitzen, in ihrer samtenen Höhle. Ihr Herz schien im Rhythmus der fallenden Fluten zu schlagen, ihre Augen fühlten sich dunkel an wie die Wolken. Dieser Anblick war so unwirklich, magisch. Sie atmete tief. Eine Ranke neben ihr löste sich und klatschte zu Boden. Er spürte die Bewegung und schaute auf. Ihre Augen trafen sich. Unbewegt hingen sie mit dem Blick aneinander fest. Ein lustvoller elektrischer Schlag fuhr ihr bis in die Zehenspitzen. Dann blitzten seine Zähne auf, er grinste breit und hob die Hand, drehte sich um und verschwand mit ein paar Sätzen im Küchenhaus. Lautes Gekreisch. Die Mädchen begrüßten ihn. Der Zauber war gebrochen.

Allmählich wurde der Regen schwächer. Maren saß reglos da und hörte zu, wie er langsamer wurde und schließlich nur noch ein leichtes Rieseln zu vernehmen war, wenn das Wasser von den Blättern rann, bis es ganz still war. Die Katzen kamen aus ihren Unterschlupfen hervor und begannen sich zu putzen, irgendwo krähte erbost ein Hahn, auf der Straße wurden Stimmen laut. Die Kühlung war vorüber, alles löste sich aus dem Bann, der Boden und die Pflanzen hatten sich sattgetrunken.

Von unten hörte sie Sara rufen: »Chuck, wo hast du denn das Motorrad gelassen bei diesem Regen?« Lautes Lachen, dann eine kehlige Männerstimme: »No problem, Sara, ich kenn' doch das Wetter. Habe Taschen für das Gemüse.«

Sie gingen unten vorbei, zum Tor. Maren war ein Bündel widerstreitender Gefühle. Sie wollte den Mann kennenlernen. Sie wollte nicht hinuntergehen und sich leicht durchschaubar dort herumdrücken. Sie wollte, daß er zu ihr kam.

»My lady Sara, ich muß jetzt los«, hörte sie ihn rufen. »Muß noch zu Papa Leslie, er braucht das heilige Kraut, du weißt. Und ein Huhn, das ich hier hab'.«

Maren ballte die Hände zu Fäusten und bohrte sich die Fingernägel in die Handflächen. Was war sie nur für eine dummme Gans! Jetzt war er weg! Blöde Kuh! beschimpfte sie sich. Das hast du nun davon! Der tollste Mann, den du hier gesehen hast, über alle Berge! Gut gemacht!

Sie hörte ein Motorrad starten, lauschte, wie sich das Motorengeräusch in der Ferne verlor. Unten kam Sara mit John vorbei, der auch irgendwo hervorgekrochen war. John trug zwei Tüten. Vielleicht kam ihr Regenmacher ja wieder.

Seinen Blick spürte sie noch Stunden danach. Sie hatte sich auf der Liege ausgestreckt und sah einem Gecko zu, der sich wie in Zeitlupe, mit dinosaurierartiger Langsamkeit, die schrägen Holzstreben des Dachs emporschob. Sie trank einen Rum mit Wasser und starrte über die Sümpfe. Ein goldener Lichtschauer wehte nach dem Regen über die Schilfhaine. Die Reiher sammelten sich zum Abend auf ihren angestammten Bäumen. Der Duft von gebratenem Fisch zog aus der Küche herüber.

Sie fand keine Ruhe mehr. Phantasien jagten sich in ihrem Kopf – sie fiel ihm in die Arme; keuchend, atemlos, roh umschlangen sie sich, endlich, ihr Körper wurde lebendig und vibrierte an seinem, seine Hände umfaßten ihren Kopf, eine endlose, schlingende, erhitzte Umarmung, er stak zwischen ihren Beinen, erfüllte sie.

Bestimmt war es jetzt soweit. Sie war nicht mehr normal. Ihre Wünsche hatten die Qualität von Sexträumen, irreal, verdammt dazu, in ihrem Kopf zu bleiben, ihr Geheimnis. Und doch konnte sie sie nicht zurückpfeifen, sie überfluteten sie wie der Regen das Land, und sie empfand das aufgeplusterte Täschchen zwischen ihren Beinen als hinderlich. Sie wehrte sich dagegen, wollte nicht masturbieren, wollte ihn. Aber er war fort.

Sie nahm eine Dusche. Das Wasser war kalt. Ihre Haut glühte, als stände sie unter Strom. Die Sonne war in ihren Poren gespeichert. Sie ließ das Wasser auf ihre Füße prasseln, bis sie kühl waren, dann auf die Handgelenke und Unterarme. Zentimeter für Zentimeter schob sie den harten Tropfen ihre erhitzten Schenkel hin, spürte, wie ihre Muskeln zuckten, sich gegen die plötzliche Kälte wehrten. Dann ließ sie das Wasser übers Gesicht rinnen, was am erfrischendsten war, und wagte es schließlich, ihm den Bauch hinzuhalten, wobei ihr ein unterdrückter Quietscher entfuhr. Zu viele sensitive Nervenenden saßen in der Bauchdecke und wehrten sich nach Kräften gegen diese Schockbehandlung. Die feuchten Schmollippen setzte sie nicht direkt dem peitschenden Strahl aus, sondern lenkte sie behutsam in seine Richtung und rieb sie ungeduldig, wusch sie ohne Mitgefühl, als wollte sie das lüsterne Stück zum Schweigen bringen. Zuletzt wagte sie es, drehte sich um und hielt ihr Hinterteil unters Wasser, ließ es allmählich den Rücken hochwandern, eisig auf der brennenden Haut, kleine Nadelstiche.

Sie rieb sich mit Kakaolotion ein, roch wie aus einer Blüte gekrochen, nicht künstlich parfümiert, sondern nach ihrem eigenen Körperaroma und den einheimischen Pflanzen. Das elfenbeinfarbene Kleid mit dem engen Oberteil und dem weiten Rock. Die erdbraunen Sandaletten. Tiefroter, fast schwarzer Lippenstift. Ein champagnerfarbenes Seidenhöschen. Kein Schmuck. Kein BH.

Sie würde an den Strand gehen. Sie würde es genießen, wie ihr die Blicke folgten, wie ihr der Rock um die Beine wehte, ihre Haare in der lauen Nachtbrise schmeichelnd um ihren Kopf schwangen. Vielleicht würde sie ihn finden. Vielleicht war er hier. Sie jedenfalls mochte nicht mehr traurig sein. Und wenn alles schiefgehen würde, sie wollte nicht mehr allein am Strand sitzen und nicht allein in der Hütte. Sie wollte einen Mann. Hitze, Geilheit, ein anderes Element, einen anderen Willen.

6

Sie ging wie in Trance den Strand entlang. Ihre Sandalen hatte sie ausgezogen, trug sie in der Hand, spürte den feuchten Sand an den Fußsohlen, folgte den Spuren ihrer Füße. Dann und wann spülte eine leichte Welle über sie hinweg, stießen ihre Zehen auf ein Stückchen Schwamm, Seegras, eine flache Muschel.

Der Himmel quoll von Sternen über. Der Mond, fast voll, hing fett und honiggelb über den Silhouetten der Palmen. Grillen und Zikaden sirrten ohrenbetäubend, aus den Bars drangen Musik, Lachen, Gesprächsfetzen. Das Plätschern der Wellen.

Gierige, fordernde, prüfende Blicke trafen sie, immer wieder begleitete sie eine schwarze Gestalt eine Weile, sprach beschwörend auf sie ein, er sei der Beste, er werde es ihr zeigen, noch nie sei sie so gut geliebt worden; aber sie wollte nicht darauf eingehen. Noch nicht. Sie ging stetig weiter, benommen, als sehe sie sich selbst dabei zu, aber mit allen Sinnen wach, sie würde immer spüren können, wie sie sich gefühlt hatte, würde die Töne hören, die Düfte riechen. Diese Nacht kam ihr wie ein schwüler Blick unter halb geschlossenen Lidern vor; ihr war, als höre sie kehliges Stöhnen, sehe schwarze Paare, die sich wild und geschmeidig unter dünnen Laken wanden.

Die Luft streichelte sie. Der Strand wurde leerer, sie kam zu einem unbelebten Teil; unbebaute Grundstücke, auf denen Palmen und Gestrüpp wuchsen, wenig belegte Hotels, vor denen weiße Holzliegen herumstanden wie Körper, die keiner liebkost. Sie stockte, wurde langsamer. Auf einer dieser Liegen war ein Mann hingestreckt. Lässig, die Arme hinterm Kopf verschränkt, schien er aufs Meer hinauszuschauen. Er hatte kurze Dreadlocks. Sie ging noch langsamer, sah hinüber. Sie blieb stehen. Er sah zu ihr her. Sie wußte instinktiv, daß sie ihn gefunden hatte.

»Come here, lady«, sagte er, rauh, ohne sich zu rühren. Ein leichtes Lächeln, sie sah seine Zähne blitzen – das einzig Helle an ihm in der Nacht. Das Mondlicht zeichnete seinen Schatten auf den Sand.

Sie bewegte sich nicht. Es war soweit. Sie mußte sich entscheiden. Sie war in Trance nach ihm auf die Suche gegangen. Dies hier war kein normales Leben. Dies hier hatte nichts mit Anstand zu tun. Sie mußte keine Grenzen und keine Moral wahren. Er rief sie. Was würde er mit ihr tun? Konnte sie sich ihm einfach so anvertrauen?

Sie war einsam. Sie wollte sich anschmiegen und sich in diesem dunklen Rhythmus wiegen, wollte vergessen, von starken Schenkeln umklammert werden und sich an einem Männerkörper reiben. Sie hörte das Meer heranschwappen, spürte die Nachtluft auf der Haut, ein Hund bellte entfernt, ein Windhauch ließ die Palmwedel rascheln. Sie ging hinüber.

Keiner von ihnen sprach, als sie aufeinandertrafen. Er nahm sie an der Hand und führte sie ein paar Schritte weiter zu einem Palmenhain. Dort standen sie einen Moment bewegungslos und sahen sich in die Augen. Dann strich er ihr über die nackten Schultern. Ein leichtes Stöhnen drang aus seiner Kehle. Sie wagte kaum zu atmen. Doch sie sah seine Arme vor sich, diese muskulösen, schimmernden Arme. Sie mußte wissen, wie sie sich anfühlten.

Vorsichtig hob sie die Hände, strich über seine glatte Haut. Sie war so seidig, so weich, die Muskeln darunter hart. Sie sank an ihn. Er fing sie auf, griff ruhig unter ihren Rock und tastete über ihre Hinterbacken. Kam wieder hervor, streifte ihr die Träger von den Schultern – sie fühlte sich so zerbrechlich wie nie zuvor –, tastete nach ihren Brüsten, die jeden Moment zu bersten schienen, so straff waren sie, so steif standen die Nippel hervor, als wollten sie abbrechen. Aus ihrer Spalte begann der Saft zu strömen wie aus einer aufgeschlagenen Kokosnuß. Sie spürte, wie er durch ihr Höschen drang.

Noch immer vermochte sie sich kaum zu bewegen. Er roch nach wildem Schweiß, Salz, Wurzeln. Er strich über ihre Brüste, und sie erschauerte, als habe sie Fieber. Dann schob er sie ein Stück von sich weg, streifte ihr das Kleid ab, entledigte sich in einer raschen Bewegung seines Muscle-Shirts, seiner Hosen, seiner Schuhe. Nun stand er vor ihr, wie sie ihn mittags gesehen hatte, aber entblößter, denn nun ragte sein mächtiger schwarzer Stamm vor ihr empor, galt ihr, zeigte sich ihr, wollte sich in ihre perlenfarbige Grotte bohren, sie reizen, sie zum Überquellen bringen. Sie fühlte sich nackter, als sie jemals gewesen war, empfand eine rasende Lebenslust, den Nachtlüften, dem Mondschein, seinem Blick ausgesetzt. Sie erwachte langsam, griff nach unten und zog sich das Höschen über die Beine. Er packte sie und hob sie hoch. Sie schlang ihre Beine um ihn, ließ sich auf den steifen Pfahl spießen mit einer ungekannten Wollust. Als er in sie eindrang, hatte sie das Gefühl, wie verrückt schreien oder ohnmächtig werden zu müssen. Er reizte jede Faser ihrer Muschel, glitt mühelos auf seinen und ihren Säften in sie, und doch war kein Millimeter Platz zwischen ihnen. Sie krallte sich in seinen Rücken, beugte sich, damit er sie leichter auf und ab schieben konnte, stöhnte willenlos, als er sich an ihr rieb und immer tiefer in sie drängte. Ihr wurde so heiß, sie schlug ihre Zähne in seine Schulter, um nicht zu brüllen, und zuckte wie in Krämpfen, sie hatte sich verloren, es gab kein Halten mehr, ein warmer Schwall Tränen stieg in ihren Augen auf und tropfte erleichtert auf seine Schulter.

Sie bemerkte, daß ihn die Tränen irritierten. Er ließ sie vorsichtig herunter und bettete sie in den Sand, blickte ihr kurz prüfend ins Gesicht, dann schob er seinen Lustspender mit einem harten Ruck in sie, stieß, reizte, traf ihr Innerstes, ihr Schneckenmund umschloß ihn beharrlich, saugte an ihm, gierig, halb verhungert, sie konnte sich jetzt bewegen, die Tränen waren vergessen, sie wollte wie ein wundes Tier sein, läufig, wollte die Explosionen, die kleinen Raketen, die in ihrem Becken in die

Höhe schossen. Er beackerte sie mit einer steten direkten Kraft, stützte sich fest ab, packte ihre Hinterbacken, um sie näher an sich heranzuziehen, und als sie spürte, wie er sich mit unbändiger Sicherheit in dieses elastische Loch bohrte, rücksichtslos, um ihm so viel Nässe wie möglich zu entlocken, bog sie sich ihm mit aller Kraft entgegen, verschlang ihn und wurde wieder weggerissen in dunkle bodenlose Abgründe, aus denen Sternenschweife stiegen. Jetzt hielt ihn auch nichts mehr, er trieb seinen riesigen Schwengel wuchtig und immer schneller in sie, zerriß sie beinahe, und dieses Gefühl, sein Anblick, seine Hemmungslosigkeit ließen sie aufblühen bis zum Äußersten, ihre Hände umklammerten seine mahlenden Hinterbacken, sie stemmte sich ihm entgegen, und als er seinen Saft in sie pumpte, mit einem heiseren Knurren, schlug eine schwarze Woge über ihrem Hirn zusammen, sie schrie auf und ergoß sich mit ihm gemeinsam, als wolle ihre Vulva ihn ertränken.

Sie lag keuchend da, sah über seine Schulter zu den blinkenden Sternen hinauf. Das Mondlicht zeichnete seltsame Muster auf den Sand um sie her, ihr ganzer Körper brannte von Sand, Sonne, den Spuren der Umklammerung. Sie kehrte langsam zu sich zurück. Er rappelte sich auf, lächelte ihr zu, suchte seine Kleider und zog sich an. Sie tat es ihm gleich, noch schwindlig im Kopf, doch plötzlich hatte sie das Gefühl, man könnte sie sehen, sie war so nackt... Sandkörner klebten überall, sie strich sich die Haare aus dem Gesicht, sah ihn nicht an. »Some good loving, lady«, sagte er, vor ihr stehend, und schüttelte seine Zöpfchen. »My name is Chuck. Wanna have a drink?«

Er brachte zweimal in der Woche Gemüse, Gewürze und Teekräuter für Sara aus Lucea, wo er mit seiner Frau und drei Kindern lebte. Die Kinder waren alle von unterschiedlichen Frauen, zwei Jungen und ein Mädchen. Sara kannte er schon lange.

Sie saßen in der kleinen Bar, in der Maren an einem ihrer ersten Abende gelandet war. Der Barbesitzer, Mike, streifte sie mit einem flüchtigen Blick. Sie hatte das Gefühl, daß er sie nun abschätzig als weiße Sex-Touristin betrachtete. Them white girls, looking for the big bamboo. Denselben hatte ihr schon mancher am Strand in den höchsten Tönen gepriesen. Tja, nun hatte sie einen. Sollte sie nun die Drinks bezahlen?

Sie war nach wie vor mißtrauisch. Eben noch hatte sie sich mit diesem Mann im Sand gewälzt, und wenn sie seinen Körper mit Blicken streifte, verstummten alle anderen Wahrnehmungen, fühlte sie nur noch ihn, aber dennoch war sie störrisch. Er redete zu viel von sich, erkundigte sich nicht nach ihr, und außerdem trug sie ihm nach, daß er sie gleichsam zu sich befohlen hatte. Und sie war gefolgt. Und wer hatte schon drei Kinder von drei unterschiedlichen Frauen? Der nahm sich wohl alles, was ihm grade über den Weg lief. Jetzt versuchte er ihr doch wahrhaftig die Hintergründe des Rastafari zu erklären. Dabei wußte sie genau, daß Haile Selassie der Löwe von Juda genannt wurde und daß deshalb die

Rastas die Haare lang trugen, daß sie das Ganja, das heilige Kraut, rauchten, weil es sie Gott näherbrachte und schon auf dem Grab von Salomo gewachsen war. Sie wußte das alles. Sie hatte alles in ihrem Reiseführer nachgelesen. Und sie haßte es, belehrt zu werden.

Dann unterhielt er sich brüllend vor Lachen mit einem Erdnußverkäufer, der kleine Plastiksäckchen mit gerösteten Erdnüssen am Arm trug. Sie wurde den Eindruck nicht los, daß die über sie sprachen. Hatte er nicht eben was von »white chick« gesagt? Sobald die Einheimischen ins Patois, diese Mischung aus Englisch, Spanisch und afrikanischen Einsprengseln verfielen, verstand sie kaum mehr etwas. Mit den Weißen sprachen die meisten ein Englisch, das wundersam altmodische Wendungen aufwies.

Das war ihr doch jetzt alles zu blöde hier. Sie trank ihren Rumpunsch aus, der ihr einen fürchterlich schweren Kopf gemacht hatte, tippte Chuck, der immer noch mit dem Erdnußverkäufer Geschichten erzählte, auf die Schulter und kündigte an, daß sie jetzt nach Hause gehen werde.

»Oh!« Chuck sah sie ziemlich erstaunt an. »Willst du mal 'ne Bootsfahrt durch den Sumpf machen? Ich kann von einem Freund ein Boot leihen. Kann dich auch zum Schnorcheln zum Riff nehmen. Viele Fische. Korallenriff.«

Maren nickte. »Mal sehen«, war alles, was sie an Zugeständnissen hervorbrachte. Dann rutschte sie von ihrem Hocker herunter, sagte ziemlich flau: »Bye, bye, see you next time« und machte sich betont sicher auf den Weg, obwohl sie sich entsetzlich betrunken und schwankend vorkam. Dazu ging sie noch auf hohen Absätzen und unebenem Boden. Als sie außer Sichtweite war, zog sie einen Flunsch und verwünschte sich wieder einmal. Was hatte sie doch für ein Durcheinander angerichtet! Sie verstand sich selbst nicht mehr. Erst mal drüber schlafen, dachte sie, wird schon werden.

Maren versuchte nachzudenken. Aber sie schien es einfach nicht mehr richtig zu können; zumindest war das Resultat nicht eine klare Abfolge von deutlichen Empfindungen, sondern ein Durcheinander. Sie hatte einen Mann gewollt. Sie hatte Chuck gesucht und ihn gefunden, mit ihm gevögelt und es als höchst erregend erlebt. Hinterher hatte sie irgendwelche zärtlichen Beschützerreaktionen von ihm erwartet. Was für ein Quatsch! Liebte sie ihn nun? Unsinn. Aber sie hatte nichts dagegen, ihn wiederzusehen ...

Sie lauerte Sara auf, als sie kam, um nach dem Rechten zu sehen, stürzte hinunter und fragte, was es zum Abendessen gebe. »Red snapper, brown-stewed«, erwiderte Sara und blickte Maren, wie es ihre Art war, sehr aufmerksam an.

»Wundervoll«, sagte Maren. Und dann übergangslos: »Sag mal, du kennst doch Chuck.«

Sara lachte und warf den Kopf zurück. Ihre Augen funkelten vergnügt, die Lachfältchen traten in Erscheinung. Sie zog Maren zu einem der Steintische. »Komm, Schätzchen, laß uns drüber reden. Du hast was mit ihm?«

»Na ja, nicht direkt...«, fing Maren an.

Und Sara erteilte ihr eine Lektion über jamaikanische Männer. Sehr locker, sehr macho, sehr direkt seien sie, verspielt, wenn sie jung waren, aber das ändere nichts an der Tatsache, daß sie sich von einer Frau nichts befehlen ließen. Wenngleich sie natürlich keineswegs unbeeinflußbar seien, wie überall auf der Welt... Sara zwinkerte. Sie kenne Chuck schon lange, er sei in Ordnung. Er kümmere sich anständig um seine Familie, aber er habe eine Schwäche für die Mädchen am Strand, egal, ob weiße oder einheimische. Er erobere sie gerne, zeige den Touristinnen die Gegend, wolle ein bißchen Geld dabei verdienen und ein bißchen rumvögeln. So sei seine Weltsicht. Mit seiner Frau streite er sich gern, aber sie hätten natürlich auch ein heftiges Sexleben. So sei das. »Und nun erwarte bloß nicht, daß ich dir erkläre, warum das so ist«, sagte Sara mit einem Achselzucken. »Nachvollziehen kann ich's auch nicht, aber es gefällt mir. So leben die Menschen hier. Ein Problem ist für Chuck, wenn das Motorrad kaputt ist oder einer seiner Jungs in eine Schlägerei gerät und beim Arzt zusammengeflickt werden muß oder die Regierung sein Ganja-Feld niederbrennt. Das sind Probleme. Gefühle sind keine. Du hast die Wahl, das zu akzeptieren oder es nicht zu tun. Aber dann würde ich dir raten, auch von den Männern die Finger zu lassen. Sonst tust du dir weh.« Sie war ziemlich ernst geworden. »Ich hab' schon schlimme Sachen erlebt. Manche Mädchen werden hysterisch und drehen halb durch. Dann fahren sie in ihre Länder zurück und erzählen Schauergeschichten über Jamaika. Aber wenn du bereit bist, dich drauf einzulassen und von den Leuten hier zu lernen, dann kannst du wunderschöne Sachen erleben. Schau, nicht umsonst ist eine der wichtigsten Redensarten hier: ›No problem.‹ Es ist wirklich keins, außer du machst eins draus.«

Maren nickte. Sie fühlte sich erleichtert, als hätte Sara ihr die Erlaubnis erteilt, sich nicht mehr zu quälen, sich leicht, mutig und lustbetont zu fühlen. Es war nichts Schlechtes daran, unkompliziert und gut gelaunt zu sein und Spaß zu haben. Sie durfte. Sie legte Sara die Hand auf die Schulter. »Danke, Sara.«

»You're welcome«, entgegnete Sara mit einem Nicken und einem durchtriebenen alten Hexenblick.

Chucks Zöpfchen flatterten im Wind. Er saß lässig und hoch aufgerichtet hinten im Boot und steuerte es aufs offene Meer hinaus. Seine Augen waren hinter einer verwegenen schwarzen Sonnenbrille verborgen, aber von Zeit zu Zeit warf er Maren ein breites sonniges Lächeln zu. Sie hatte erst an diesem Morgen festgestellt, wie unbekümmert und ansteckend dieses Lächeln war. Begeisternd, aber nicht harmlos.

Sie hatte sich gefreut, ihn zu sehen. Mit kleinen Schweißperlen auf der Stirn hatte er morgens die Gemüsetaschen fürs »SamSara« hereingeschleppt, und sie war beiläufig zur Dusche marschiert. Das hatte sein müssen; den Mut, ihn selbst anzusprechen, hatte sie nach wie vor nicht gehabt.

»Hey, Maren«, rief er ihr quer durch den Garten zu. Allerhand, er hatte sich ihren Namen gemerkt. »Wanna go snorkling today?«

»Okay«, hatte sie gerufen und sich ein »soon come« nicht verkneifen können; die Redensart der Jamaikaner, wenn sie gedachten, weitere Stunden mit dem Zubereiten des Essens oder sonstigen Tätigkeiten zu verbringen. »Soon« hatte mit dem westlichen »bald« absolut nichts gemeinsam. Jemand, der »soon« wiederkommen wollte, konnte auch einen halben Tag später wieder auftauchen und erzählen, er habe noch mit diesem und jenem einiges besprechen müssen.

Die Sonne brannte mit voller Kraft auf das kleine Boot nieder. Maren lehnte sich zurück, der Wind peitschte ihr Haar, sie räkelte sich ein bißchen in ihrem roten Bikini, über dem sie nur ein kurzes maisgelbes T-Shirt-Kleid trug; die Beine hatte sie gekreuzt. Sollte er ruhig ein bißchen scharf werden. Sie spürte seine Blicke hinter der Brille auf ihrem Körper, und sie genoß sie.

Sie kreischte, als das Boot über die Wellen hüpfte und Gischtspritzer ihre heiße Haut trafen. An einigen Stellen war das Wasser glasklar. Wenn sie hinuntersah, konnte sie den Grund erkennen, perlmuttweiß unter den grünen Wassermassen. Weit entfernt erstreckte sich die Küste, struppig und Abenteuer verheißend. Dahinter massigblau die Berge.

»The reef.« Chuck deutete zu einer Stelle in der Nähe, an der kleine weiße Schaumkronen tanzten. Er fuhr langsamer, umschiffte vorsichtig Korallenstöcke, die gefährlich nahe unter der Oberfläche aufragten, drosselte dann den Motor und warf den Anker über Bord. Mit einem lauten Platscher fiel er ins Wasser und sank schwer auf den Grund. Maren sah ihm nach. Sie fand die Tiefen etwas unheimlich.

Während Chuck in einem Jutesack kramte und passende Flossen für sie beide heraussuchte, erklärte er ihr, daß es keine gefährlichen Fische gebe, aber daß sie die Korallen nicht anfassen solle, da könne sie sich Verbrennungen holen.

»Paßt die?« Er reichte ihr eine Brille mit Schnorchel.

Maren zog ihr Kleid aus, wobei sie merkte, daß er ihr auf die Brüste schaute. Und er grinste dabei. Maren ignorierte das Grinsen, probierte die Brille und nickte. Er streifte sein T-Shirt mit dem Bob-Marley-Bild über den Kopf, gab ihr noch Flossen, dann rüstete er sich selbst aus, nickte ihr zu und glitt ins Wasser. Maren tat es ihm gleich.

Sauerstoffperlen umrauschten sie, als sie sich ins Meer fallen ließ; die Kälte war wie ein Schlag. Dann begann sie zu schwimmen, und sofort wurde ihr wärmer. Sie versuchte ruhig zu atmen, sich daran zu gewöhnen, daß sie ihren eigenen Atem als rhythmisches hohles Dröhnen hörte. Sie schaute sich um und folgte Chuck, der jetzt mit kräftigen, eleganten Bewegungen vorneweg schwamm. Die Sonnenstrahlen tanzten auf dem weißen Sandboden und auf den hellgrünen Algenwedeln – eine lichte, heitere Welt. Ein Schwarm gelbweiß gestreifter Fische zog unter ihr hindurch, hie und da an Algen weidend. Wenn sie eine Bewegung wahrnahmen, zuckten sie alle wie von einem Hieb getroffen zusammen und flitzten ein Stück vorwärts.

Sie schwammen über ein verworrenes Höhlensystem aus Korallenarmen. In den Nischen tummelten sich leuchtend blaue kleine Fische, nagten an den Ästen, schossen hin und her, schwerelos. Sie schillerten, als habe ein Pirat einen Sack erbeuteter Edelsteine ausgeschüttet. Ein roter Fisch floh vor einem silbernen in eine der Höhlen und verharrte dort reglos. Geschlossen machte sich ein Schwarm Yellow Snappers über eine Korallengruppe her, weidete die Algen ab; dabei standen die Fische fast bewegungslos im Wasser, nur gesteuert von ihren wehenden Schwanzflossen.

Chuck tauchte mit einem Schwung nach unten, scheuchte aus dem Dunkel einen gefleckten Fisch mit einem viereckigen Maul auf und deutete ihm hinterher, als er sich erschreckt schwänzelnd davonmachte. Bewundernd betrachtete Maren Chucks Körper; seine Haut glitzerte ölig, und er bewegte sich, als sei er in diesem Element geboren, völlig selbstverständlich, ohne jede Scheu. Manchmal schnellte er unter Wasser mit angelegten Armen und schlängelnden Beinen vorwärts wie ein Fisch. Er schien das Element zu beherrschen, nicht umgekehrt. Jetzt holte er eine große Cong-Muschel herauf, zeigte sie ihr, stupste mit dem Finger in das Fleisch der Schnecke, die darin lebte. Sie zuckte. Er gab sie Maren, die sie vorsichtig wieder zu Boden sinken ließ.

Das Wasser perlte kraftvoll zwischen ihren Beinen

hindurch; sie fühlte sich schwerelos und stromlinienförmig, und sie spürte Chucks Bewegungen, das Wasser trug sie zu ihr. Manchmal streifte er sie auch, und sie erschauerte, fühlte wieder die Begierde, ihn zu berühren. Durch den Stoff seiner Shorts drückte sich unübersehbar sein Gehänge ab, schwer, hart, seidig. Sie erinnerte sich.

Chuck winkte ihr hastig. Sie schwamm zu ihm. Unter ihnen, changierend wie Brokatstoffe, stand eine Familie von Tintenfischen. Ihre unheimliche Form – die Augen seitlich am Kopf, der spitz zulaufende Hinterleib – verlor durch die Farbenpracht das Beängstigende.

Plötzlich verschwand die Sonne, und die Atmosphäre wechselte. Was eben noch idyllisch gewirkt hatte, war nun bedrohlich. Die Korallen reckten sich klagend empor, Algenarme wedelten, um den Schwimmer herabzuziehen, und hinter der nächsten Biegung mochte ein furchtbares Wrack liegen oder ein abscheulicher Fisch nahen. Chuck schwamm unbeirrt weiter, vorbei an einer belämmert blickenden Seenadel, die schräg im Wasser hing, als sei sie versteinert. Wasserklare kleine Quallen tanzten Maren entgegen, öffneten und schlossen ihre Schirmchen. Chuck tauchte, zog an einem hervorstehenden Dorn am Boden und ließ sich dann wieder hochtreiben. Ein Rochen erhob sich aus seinem Versteck im Sand und segelte majestätisch davon.

Maren begann zu frieren. Sie schwammen zurück, durch Schwärme winziger, silberner, huschender Fische, über bizarre Hirnkorallen, wehende Algenwiesen. In der Ferne zog ein mächtiger Barrakuda vorbei.

Am Boot zog Chuck sich mit einem kräftigen Schwung an Bord. Maren schaffte es nicht, ihr Gewicht über die Bordwand zu stemmen, vor allem nicht mit vor Kälte zitternden Händen. »Give me your hands«, sagte Chuck. Sie streckte ihm die Arme entgegen. Er packte sie und zog sie mit einem Ruck hoch. Sie krabbelte über die Bordwand und hüllte sich in ihr Handtuch. »Like it?« fragte er sie, während er wie ein Hund den Kopf schüttelte, damit das Wasser aus den Zöpfchen spritzte. Sie nickte.

Er warf den Motor an, und sie brausten zurück, in Richtung der Sümpfe, vorbei an der Küste von Negril. Er stand wie zuvor aufrecht an seinem Steuer, die Sonnenbrille auf den Augen, und sie spürte ein leichtes Ziehen im Bauch; er beeindruckte sie, aber sie konnte einfach noch nicht ja dazu sagen. Stark war er, sah wild und anziehend aus, und er war so entschieden, so klar. Sprechen, die Waffe, mit der sie Männer sonst auf zähmbarem Abstand hielt, versagte, sie kamen nie dazu; in der Nacht war keine Zeit dazu gewesen, jetzt dröhnte der Motor zu laut, und auf dem Weg zum Boot hatte er ihr erzählt, wie teuer die Bootsmotoren heutzutage seien und daß das Geschäft dieses Jahr nur mäßig laufe, er aber zum Glück mit seinem Ganja-Anbau noch etwas Geld machen könne. Sie hatte zugehört und hie und da eine höfliche Zwischenfrage gestellt. Mehr hatte sie auch nicht zu sagen gewußt. Sie seufzte unhörbar, hockte ein bißchen verstockt da und zog ihr Handtuch um die Schultern.

Chuck steuerte das Boot jetzt in den Lauf des Negril-

Flusses. Links und rechts standen kleine Hütten, in denen Obst und Strohsachen verkauft wurden, dann kamen sie unter der Brücke hindurch, über die auch die Hauptstraße der Stadt führte. Vereinzelt lagen Boote hochgezogen am Ufer, auf einem umgestürzten Baum hockten unbeweglich einige Kuhreiher, dann wurde es stiller und enger. Sie ratterten langsam zwischen hohen Schilfwäldern, Gestrüpp, Bäumen hindurch; ganz am Ende des Flußlaufs, blaugrün lockend und mysteriös, lagen die Berge. Der Fluß roch modrig, und die Stille, die nur vom Tuckern des Motors und hie und da einem Vogelschrei oder dem Surren eines Insekts unterbrochen wurde, hatte etwas Lastendes, Bedrohliches, das Maren mit einem wohligen Gruseln wahrnahm.

Chuck zeigte ihr die Wege ins Dickicht, die die Ganja-Pflanzer angelegt hatten, um der Vernichtung ihrer Einnahmequellen zu entgehen. Hier kapitulierten die Hubschrauber der Regierung. Mit Booten kämpften sich die Pflanzer durch versteckte Wasserwege, um unter gefährlichen Umständen die Samen der Pflanzen zu ernten. »The herb makes you feel good«, meinte Chuck. »Aber Sumpf-Ganja«, er winkte verächtlich ab, »ist nicht gut. Ich bau' meines in den Bergen an. Ist ein weiter Marsch dorthin, aber es lohnt sich. Solltest du mal probieren.« Er stellte den Motor ab, hockte sich hin und begann von einem Ganja-Stengel die Blätter abzustreifen und einen Joint daraus zu drehen. Gerochen hatte Maren das Marihuana täglich; wo immer man vorbeikam, vor allem abends, hing der strenge aromatische Geruch in der Luft.

Ganja-Rauchen war zwar offiziell verboten, aber da es zu den Gewohnheiten, sogar zum Glauben des Volks gehörte, ließ es sich natürlich nicht unterbinden. Außerdem drückte die Polizei ein Auge zu, meist allerdings nur für Bestechungsgelder.

Maren sah sich um. Bäume voller leuchtend roter und weißer Blüten. Hoch oben am weiten blauen Himmel kreisten Geier, lauerten auf etwas Lebloses, das im Sumpf verfaulte. Die Sonne brannte erbarmungslos auf sie nieder; Maren hatte längst ihr Handtuch weggelegt und ihr Kleid wieder übergezogen. Sie schwitzte, ihr Kopf glühte, und sie fühlte sich ziemlich unbehaglich. Am liebsten wäre sie umgekehrt, aber das wagte sie Chuck nicht zu sagen.

»Have a toke«, sagte er auffordernd und hielt ihr den Joint hin. Auch das noch! Sie hatte es kommen sehen. Ablehnen konnte sie nicht. Sie brachte es einfach nicht fertig, sich als zickiges weißes Touristenmädchen zu entlarven. Also los! Zögernd sog sie den Rauch ein. Schmeckte gar nicht so schlecht. Sie stieß ihn wieder aus, was Chuck sichtlich befremdet registrierte, versuchte sich zu entspannen. Da ich nun mal hier bin, mache ich das Beste draus, sagte sie sich. Sie nahm noch zwei Züge, bemerkte nichts, außer daß ihr Kopf noch etwas heißer zu werden schien. Sie reichte Chuck den Joint zurück.

Sie fuhren ein Stück weiter den Flußlauf hinauf, den Bergen entgegen. Maren blickte interessiert in die Bambushaine, die Schlingpflanzen, die an ihnen vorbeizogen, spürte, daß ihr Mund unangenehm ausgetrocknet war und ihr Kopf hämmerte. Dann, ohne Vorwarnung, kam die Angst. Die Wildnis um sie her schien sich zusammenzuziehen. Ein auffliegender Reiher erschreckte sie entsetzlich, und ihr Herz pochte, schlug, trommelte, daß sie glaubte, es werde jeden Moment aussetzen. Du hast einen Hitzschlag, schoß es ihr durch den Kopf, und gleich versagt dein Herz, und dann wirst du hier sterben. Sterben. Und diesem Mann hier kannst du nicht vertrauen. O Gott, und jetzt mußt du ihm auch noch sagen, daß du grade dabei bist durchzudrehen. Sie rasten auf einen umgestürzten Baumstamm zu, der quer über dem Fluß lag, dann plötzlich nur noch ein Gurgeln und das Glucksen des Wassers.

Sie sah zu, wie Chuck sich hinhockte und sich mit dem Unterarm den Schweiß von der Stirn wischte. Er nahm einen Zug vom Joint und meinte: »Weiter kommen wir nicht. Gleich drehen wir um. Gutes Zeug, was?«

Maren klammerte sich an ihre Sitzbank und starrte ihn an. Sie war sicher, sich nicht mehr bewegen zu können. Sprechen konnte sie bestimmt auch nicht mehr. Was sollte sie nur tun?

Chuck nahm die Sonnenbrille von den Augen. »Hey, lady, was ist los? Was nicht in Ordnung?« Er stand auf und kam zu ihr herüber, nahm sie sachte an den Schultern und rüttelte sie ganz vorsichtig. »Are you okay?«

Es kam immer noch kein Laut aus ihrer Kehle. Sie stierte auf seine glänzenden schwarzen Oberschenkel vor ihren Augen. Stark wie Baumstämme, die Muskelsträhnen darin wie Wurzeln; sie strömten einen geilen, würzigen Schweißgeruch aus. Okay, wenn sie schon sterben mußte, sagte sie sich, dann doch bitte noch mal vögeln, wenigstens würdevoll abtreten und in Lust. Sie ließ den Kopf nach vorne sacken, so daß er auf seinem Geschlecht lag, und umklammerte seine Beine.

Sie erinnerte sich später an jede Einzelheit, an jeden Geruch, jede Wahrnehmung ihrer Haut; sie spürte, wie sich die hölzerne Sitzbank in ihren Nacken drückte, als Chuck in die Hocke ging und sie ganz langsam auf den Boden des Bootes rutschte, wie er die Hand ins Wasser tauchte und ihr Stirn und Schläfen befeuchtete – Labsal. Sie spürte, wie klebrig ihre Schenkel waren, wie die Sonne ihren Leib zu versengen drohte; sie spürte sein Nesteln an ihrem Bikini. Unter halb geöffneten Lidern sah sie, wie er die Kordel seiner Shorts löste, das stramme, violettschwarze Glied herausschnellte und gleich darauf ihren Blicken entschwand; es fuhr mit einem einzigen heftigen Stoß in sie hinein. Ungeheure Wollust war es, sich einfach hinzugeben, ohne Umschweife, Vorreden, Spielchen; sie fühlte sich frei, ihre Möse fieberte, war schlüpfrig wie eine Sumpfpflanze. Der alte Kahn knarrte unter ihnen. Chuck ächzte und grunzte, stützte sich auf den harten Bohlen ab und rammte ihr seinen Bamboo in die zartrosa Möse, kräftig und genüßlich, ackerte sie durch, daß sie wie in Stücke gerissen wurde, und manchmal stöhnte er rauh auf, bis er nachdrücklich kam und auch sie unbändig genoß.

Zwischen Marens Beinen quoll glitschige Flüssigkeit hervor, sie war verschrammt, schweißüberströmt und hatte wahrscheinlich einen Hitzschlag, und auch ihr Herz pochte immer noch zu laut. Aber sie lebte, und ihr war wohl. Sie hatte nichts zu verlieren. Vor Chuck brauchte sie sich nicht zu schämen. Er half ihr auf, verstaute sein Geschlechtsteil mit einem verschwörerischen, charmanten Grinsen in seinen Shorts und fragte: »How do you feel? Got too much sun? Didn't like the ganj?«

»I'm okay«, sagte Maren heiser. Genau so hatte sie immer mal gefickt werden wollen, unter glühender Sonne und ohne jede Kontrolle über sich. Sie wischte sich mit einem Handtuch den Schweiß vom Körper, schlug nach einem Moskito, der sich auf ihr Bein setzte, und strich sich die Haare aus der Stirn. Schmutzig, zerschunden und verwildert – wunderbar. Sie schaute versonnen einem blau schillernden Libellenpaar hinterher, beobachtete das Glitzern auf dem Wasser, setzte ihre Sonnenbrille auf und erkundigte sich nach Chucks Kindern, während sie zum Dorf zurücktuckerten.

7

Die Sonnenuntergänge waren Delirien. Zumindest hatte Maren sich unter einem Delirium immer etwas vorgestellt, was ähnlich unwirklich, rauschhaft und überwältigend war. Wenn die Sonne im Meer abgetaucht war, folgte eine Zeit, die sie zur »magic hour« erklärte; Menschen, Tiere und Pflanzen verwandelten sich, der Tag wurde zur Nacht, und alles schien möglich.

Manchmal gab die Sonne große Oper, erging sich in bombastischen, schweren Purpur- und Violettönen, sank pompös ins metallicblau glänzende Meer und ließ Farbarien in den Wolken zurück, die erst während der magischen Zeit ganz langsam verblaßten; ein andermal war sie direkt, blendete mit knalligem Orange und Karmesinrot, aggressiv und unkompliziert, und Minuten nach dem schnellen Absinken – als hätte sie es eilig, ein anderes Land mit ihren Strahlen zu versorgen – wurden die Farben glatt und bläßlich und lösten sich in wäßrige, profane Blautöne auf. Hin und wieder lockte sie lasziv und wechselte von der Farbe frischen Orangensafts zu der gerade gereifter Mangos, verbarg sich dann aber hinter einem Wolkenschleier, als wolle sie sich klammheimlich in Luft auflösen; dann packten die Touristen ihre Fotoapparate enttäuscht wieder ein und bestellten sich einen weiteren Rumpunsch in der »Hurricane Bar«.

Anfangs hatte Maren kaum glauben können, mit welcher Geschwindigkeit sich der Feuerball ins Meer versenkte. Sie wanderte am Strand entlang, die Sonne sackte tiefer und tiefer am Himmel, war kurz über dem Meer, und wenn Maren zwei Minuten nicht zum Horizont hinübersah, war sie verschwunden, als sei sie abgerutscht.

Dann kam Marens Lieblingszeit, die Phase des Tages, in der die Vernunft sich aufzulösen begann, in der ein anderer Zustand über einen kam wie eine blauschwarze Wolke, in der man wirr und unruhig wurde und sich auf die Mysterien der Nacht vorbereitete. Zwischen den Stauden am Strand wurden die Schatten tiefer, Rauch und Dunst stiegen aus dem wilden Gestrüpp auf und hingen graublau zwischen den schwarzgrünen Zedern, die ersten Sterne begannen zu blinken, wenn der Himmel noch nicht dunkel war. Die Grüntöne des Dickichts entfalteten all ihre Pracht, leuchteten, als gelte es, sich durch geheimnisvolle Schönheit vor dem Vergessenwerden zu retten. Die Königspalmen standen langbeinig vor dem dunkelnden Horizont der Sümpfe, grazil und so atemraubend exotisch wie auf dem verblichenen Etikett einer Zigarrenkiste aus vergangenen Tagen oder auf einem bunten Bild aus einem alten Märchenbuch. Es waren Grautöne wie prickelnde Drinks, tröstliches, erfrischendes, erregendes Grün, das die Augen weit machte und das Herz einen Schlag ruhiger.

Auch die Dämonen hielt es nicht länger in ihren Erdkuhlen und Unterschlupfen in den Sümpfen. Sie schienen über den gebogenen, krüppeligen Ästen der Mandel- und Brotfruchtbäume entlangzufliegen oder sich zwischen die zerzausten Bananenblätter zu kauern, die tagsüber so harmlos und unschuldig wirkten.

In einer dieser Stunden kam Pearl zum zweiten Mal.

»Sorry, bin ein bißchen spät heut«, sagte sie mit ihrem blendenden Lächeln und blickte dabei kokett auf den Boden.

Maren starrte sie an, unkontrolliert. Heute abend trug Pearl ein hibiskusrotes Satinkleid mit breiten Trägern. Es lag ziemlich eng an, so daß ihr Hinterteil und ihre hübsch geformten Brüste betont wurden. Ihre Füße steckten in schwarzen Pumps; dies sah allerdings aus wie bei einem kleinen Mädchen, das Mamas Hochhackige anprobiert, sie schien sich nicht ganz behaglich darin zu fühlen. Einer von Marens Lieblingsfilmen kam ihr unpassenderweise in den Sinn: Sicher würde Pearl in Kürze diese Schuhe von sich schleudern wie Ava Gardner in »Die barfüßige Gräfin«. Oder waren sie vielleicht ihr ganzer Stolz? Von ihren Ohrläppchen baumelten kleine goldene Blätter. Wenn sie sich bewegte, raschelte das Kleid leicht. Sie sah einfach umwerfend aus.

»You know, Gregory Isaacs concert tonight«, sagte Pearl etwas verlegen, ihr Outfit erklärend. »Cool ruler. Gehst du?«

»Ich weiß noch nicht«, fand Maren die Stimme wieder.

Tatsache war, daß sie die Anzeigen für das Konzert natürlich gesehen hatte, große grellbunte Holzschilder in ganz Negril. Aber John mußte Nachtwache halten, und sie hätte nicht allein gehen wollen. Vielleicht mit Pearl ... Und schließlich konnte sie unmöglich nach Deutschland zurückkehren und Eberhard gestehen, daß sie freiwillig ein Isaacs-Konzert verpaßt hatte. »Dürfte ich denn mitkommen?«

»Sure.« Pearl strahlte, fühlte sich offensichtlich geschmeichelt. »Me meet some friend there. Will be nice. Wollen wir jetzt Massage machen?«

Maren nickte. Da es für eine Veranda-Massage schon zu dunkel war, kam diesmal nur das Zimmer in Frage. Sie gingen hinein, Pearl schloß, völlig unbefangen, die Tür hinter ihnen. Sicher, es würden Falter hereinfliegen. Maren stellte das schummerige Nachttischlicht an, streifte dann ihre Bluse über den Kopf. Darunter trug sie den meergrünen Bikini. Während sie ein Handtuch auf dem Bett ausbreitete, hörte sie Pearls Kleid rascheln.

»Macht dir doch nichts, wenn ich so massiere«, sagte Pearl hinter ihr. »Wegen Flecken, weißt du.«

Maren schaute kurz über die Schulter und sah, wie Pearl sorgfältig ihr Kleid auf dem einzigen Stuhl ausbreitete und glattstrich. Sie hatte einen schwarzen Spitzen-BH und einen schwarzen altmodischen Unterrock an. Es wirkte atemraubend, fand Maren. Etwas zittrig legte sie sich aufs Bett und entfernte ihr Oberteil. Weiß stach die Haut ihrer Brüste von dem Karamelton ab, den ihr Körper nun angenommen hatte.

Die Aloe hatte Pearl diesmal – bestimmt auch wegen Flecken – in einer grünen Plastiktüte mitgebracht. Wieder durchstach sie mit zwei Fingern die angetrocknete Haut – eine obszöne Bewegung, dachte Maren – und verrieb das Gel auf Marens Bauch. »Relax, dear«, sagte sie, ganz wie beim letzten Mal.

Maren atmete tief durch, schloß die Augen, lieferte sich dem kühlen Prickeln, den Talfahrten und Höhenflügen ihrer Haut aus, den Tönen: Pearls Atmen, dem Schmatzen des Gels, entfernten Reggae-Bässen, dem Piepsen der Frösche.

Pearl widmete sich mit ruhiger Genauigkeit jedem Muskel in Marens Bauchdecke, ging dann zu den Beinen über, lockerte und bearbeitete jede verkrampfte Sehne, tastete jeden Knorpel ab, zog wieder an den Zehen, daß es knackte. Diesmal bat sie Maren gleich, sich umzudrehen, damit sie mit der Rückseite der Beine fortfahren konnte. Sie hackte mit den Handkanten auf Marens Waden und Schenkel. »Relax«, murmelte sie noch einmal beschwörend. Dabei fühlte sich Maren schon ziemlich entspannt – bis auf die Tatsache, daß ihr zwischen den Beinen schrecklich heiß wurde, wenn Pearls Hände in dieser festen, regelmäßigen Art ihre Haut bearbeiteten, sie dehnten, streichelten, kneteten.

Als der Rücken dran war, entspannte sie sich wirklich. Ihr Rücken erinnerte sie immer an Stau und Schmerzen, und sie war Pearl unendlich dankbar, daß sie die Knorpel aus ihrem Körper entfernte, diese harten Partien weich machte. Danach spürte sie, wie Pearl einen Finger auf ihren Hintern drückte, und hörte sie sagen: »What about this part?« Sie gab ein undeutliches Brummen von sich. »Ja, bitte, bitte«, sagte eine Stimme in ihr.

Pearl zog Marens Höschen über den Po, bis es vorne über dem Schamhügel und hinten unterhalb der Backen hing, und begann sie zu kneten. Sie langte kräftig zu, ließ sie in den Händen hin- und herrutschen, erreichte die Punkte, die kleine Höllenfeuer in Marens Döschen zum Lodern brachten, quetschte und drückte das nachgiebige Fleisch, und wie Maren erwartet hatte, fing der Saft an, aus ihrer Muschel zu quellen. Was hatte sie schon zu verlieren? sagte sie sich. Dieses Mädchen legte es darauf an, und schließlich, konnte denn Lust Sünde sein?

»Nice butt«, kicherte Pearl und spreizte spielerisch Marens Backen; ihre Bewegungen veränderten sich, sie waren nicht mehr so gelassen und gesteuert, sie bekamen etwas Unruhiges, Erhitztes. Sie drehte Maren stumm auf den Rücken. Diese folgte dem Druck von Pearls Händen. Mochte die kleine Hexe mit ihr tun, was sie wollte. Ihr Körper fühlte sich so gut an, so fließend, ohne Gelenke, ohne Schwere oder schmerzende Stellen, es konnte ihr nichts geschehen, Pearl würde schon alles richtig machen.

Ihre Masseuse atmete nun lauter, keuchte sogar ein bißchen. An Marens strammen Halbkugeln ergingen sich die schlanken Finger, strichen in Richtung Gipfelkreuz, spazierten um die Nippel, die deutlich emporragten, geradezu zu pochen schienen vor Hitze und Gier. Ihr schmelzendes Schmuckstück drückte ungeduldig an den

Stoff, der gerade noch schief darüberhing. Pearls Hände bewegten sich rastlos, sie war zweifellos sehr erregt, hatte sich nur noch knapp unter Kontrolle, gestattete sich aber nicht, die Grenze endgültig zu überschreiten. Vor Marens Augen tanzten schwülstige Bilder, die Dschungelblüte, sie mußte sie einfach berühren, sie streckte die Hand aus, tastete, stieß auf den glatten Nylonstoff des Unterrocks, wühlte sich darunter, ein Büschel kratziger, wild wuchernder Schamhaare unter einem weiteren Stoffstückchen, auch dieses beseitigen, o Gott, dachte sie, als sie in der glühenden Feuchtigkeit landete, in flammendem, nassem Fleisch, einer riesigen, tropfenden Spalte, einer fleischfressenden Pflanze. Ihr Inneres fuhr Achterbahn, sie jauchzte leise auf, biß sich auf die Lippen, die sich geschwollen anfühlten, erspürte behutsam die Ausmaße, schmolz hinweg, zerging bei dieser Begegnung ihrer Finger mit dem lüsternen Herz einer Frau. Immer schon hatte sie davon geträumt, heimlich, halb verboten, und nun, wie herrlich, auch aus Pearls Kehle drangen Töne, ein leises Wimmern, oder war es ein Knurren? Dann glitt ihre Hand an den sorgsam ausgesparten Ort; vorsichtig, mühsam beherrscht, rutschten ihre Finger in Marens Spalte umher, drückten leicht die Klitoris, dann bohrten sich ungestüm Finger in Marens Eingang, und auch sie tauchte mit ihrem Finger in Pearls Loch, ein wenig angstvoll, wer weiß, vielleicht biß ja doch etwas zu, doch nichts dergleichen geschah, sie wanden sich nur beide in dunklem Entzükken. Pearls Leib lutschte gierig an Marens Finger, saugte ihn in die feuchte Höhle, doch dann konnte sich Pearl nicht mehr halten, hastig riß sie sich die Wäsche vom Leib. Maren erhaschte einen kurzen Blick auf die herrlichen schwarzen Brüste mit blauschwarzen Nippeln, vollendet geformt, den ausgeprägten Venushügel, dicht bewachsen mit widerborstigem Haar, die Gazellentaille. Dann senkte sich eine geöffnete Blume überraschend über ihr Gesicht, naß wie die Blüte des Tulpenbaums, hellrosa leuchtend inmitten all des Schwarzen, hungrig und ohne Widerspruch zu dulden, ein Schmetterling, der die Flügel aufklappt, um seine Feinde zu erschrecken. Maren kostete von dem ihr dargebotenen Nektar, den Wurzeldüften, leicht vergorener, salzig-saurer Milch, und auch an ihrem Juwel machte sich ein Tier zu schaffen, raste darin herum, leckte und saugte mit Geschicklichkeit. Marens Hände packten die zarten Flanken über ihr, krallten sich genüßlich in den Hinterbacken fest. Verbunden und verschworen waren sie nun, denn sie tranken aneinander, vergossen gallertene Ströme gemeinsamer, heimlicher Freude, sie keuchten und verzärtelten das Fleisch der anderen, verströmten sich, leckten sich aus. Dann lagen sie da, bebend, umklammerten noch die Beine der anderen. Langsam begann Maren aus ihrem Rausch zu erwachen, hörte wieder Geräusche, wurde sich der Situation bewußt. Sie bekam ein bißchen Angst. Was würde nun mit ihnen geschehen? Sie blieb liegen. Pearl rappelte sich auf, griff zu ihrem Höschen, zog es an, wandte Maren dabei den Rücken zu, schloß ihren BH. Sie streifte ihren Unterrock über den Kopf und fuhr sich mit den Fingern durch die Haare.

Blitzschnell wurde Maren klar, daß Pearl diese Situation niemals in ihrem Bewußtsein zulassen durfte. Sie würde es nicht verkraften können. Homosexuelle Handlungen waren auch in Jamaika tabu. Und hier gab es kein Wissen darum, daß ein Stück davon in jedem Menschen ruhte und daß man das zu akzeptieren hatte. Sie mußte ihr helfen. »Ich nehme eine Dusche«, sagte sie beiläufig, stand auf, wickelte sich in ihr Handtuch und ging nach unten. Ein Segen, John saß noch nicht auf seinem Posten. Weit und breit war niemand zu sehen. Ob man etwas hatte hören können?

Die Dusche klärte ihren Kopf und ihre Gefühle, machte ihren Körper wieder neutral. Sie trocknete sich ab, ging nach oben. Sie hatte es genossen. Es war wunderbar gewesen. Das war's. Nicht mehr.

Pearl hockte etwas zusammengesunken auf der Veranda-Liege. Sie hatte eine Kerze angezündet.

»Wanna go to the concert now?« fragte Maren von drinnen, während sie eines ihrer Ausgeh-Kleider, ein lachsfarbenes Trägerkleid, anzog. »Yeah«, hörte sie von Pearl. »Take a drink before?« fuhr Maren hartnäckig fort. – »Okay.« – »Soon be ready«, flötete Maren betont heiter und bürstete ihr Haar. Ein wenig blaßrosa Lippenstift, die weißen Sandaletten, die Perlmuttkette. Gregory mußte schon etwas geboten werden. Das Zarteste, Süßeste, Verführerischste, was sie auf Lager hatte. »Let's go see cool ruler Gregory«, rief sie schwungvoll und schloß die Tür ab.

Pearl erhob sich. Sie hatte ihre Lippen geschminkt,

dunkelrot glitzerten sie, ein Fest der Sinne. Und sie hielt Marens Blick stand. Immerhin.

Die Mädchen boten alles auf: ihre betörendsten Parfums, ihre glitzerndsten Kleider, ihre schönsten hochhackigen Schuhe. Über den lasziv schwingenden Hintern wippten die Röcke. Ihre Münder und Augenlider glommen in den explosivsten Tönen. Ihre Dekolletés waren beunruhigend tief ausgeschnitten. Sie schritten einher wie die Königinnen, lachten kehlig, warfen Pearl und Maren herausfordernde Blicke zu. Wer ist die Schönste im Land? Die Männer neben ihnen in Seidenhemden und engen Hosen. Ihre Blicke hatten andere Qualität. Sie zischten durch die Nacht, bohrten sich in die Augen, jagten unter die Haut. Klappernde Absätze auf Asphalt, Gelächter, röhrende Autos, Geräusche der fiebrigen Vorfreude. Und die tiefen Bässe der Band, die sich einstimmte.

Dann hinter ihnen das schläfrige Meer, über ihnen der sternenübersäte Himmel, vor der Bühne die Menge. Pearl verschwand, um den Freund zu suchen, mit dem sie sich treffen wollte. Maren setzte sich den Blicken aus, erblühte unter ihnen. Sie fühlte ihre straffen Muskeln in den Beinen, spürte sie bis hinauf zum leicht schaumbenetzten Delta. Noch nie hatte sie sich so dramatisch geil, so prickelnd bewußt gefühlt wie in ihrer Zeit hier. Ihr war, als wäre sie früher blind gewesen und hätte plötzlich sehen gelernt.

Sie holte sich eine Pina Colada, streifte eng an fremden Körpern vorbei, wurde angelächelt, von oben bis unten gemustert. Sie nippte den Drink, der ihr wunderbar benebelnd ins Gehirn stieg. Die Band brachte das Publikum in Schwung, machte eine Ansage, spielte ein paar Takte. Pearl blieb verschwunden.

Dann kam er selbst. Elektrisierend von der ersten Sekunde seiner Gegenwart an. Ein schmaler, eher kleiner Mann mit einer bezwingenden männlichen Ausstrahlung. Purer Sex. Seine Stimme lockend, gurrend, aufpeitschend, schmeichelnd. Er stachelte das Volk auf, sang es um den Verstand und bewegte sich dabei elegant, wie es seine Kleidung war: weißer Seidenanzug, weißer Strohhut, rote Rose im Knopfloch, samtweiche Lederslipper, in denen seine Schritte leicht federten. Der Herr segne dich, Eberhard, dachte Maren und biß sich vor Aufregung in die Lippen. Gregory machte sie atemlos. Cool ruler, diese Worte sagten die Wahrheit.

Sie fiel in eine Art Trance, um sie her schwarze Körper, die sich ebenso wiegten, aneinanderstießen, lose schwangen, in diesem Rhythmus, dessen man nicht müde wurde, der einen nicht erschöpfte, wie ein guter, ausdauernder Liebesakt. Manche Paare fanden sich in verschlingenden Umarmungen, tanzten wie sie damals in der Gogo-Bar mit Dave, schwitzende Muschis an den harten Schwänzen und Oberschenkeln der Männer, die Nacht sah nicht hin, so mancher Tropfen Sperma wurde vergossen, und die rosa Lippen troffen vor Saft. Auch Marens Mäulchen war feucht, doch Gregory nahm sie gefangen. Im Moment brauchte sie niemand, um sich an ihm zu ergehen, sie erlag dem kühlen Magier, saugte die Töne in sich auf, speicherte diese Stimmung mit allen Sinnen, tankte sich voll mit der Lust dieser Nacht, mit dem Rausch ihrer Zeit hier. Angesichts dieses Landes, seiner wilden Überschwenglichkeit, seiner Schönheit verloren ihre Gefühle jegliches Maß. Feeling irie. Sie war eins mit sich und der Welt.

Sie schrie und johlte mit den anderen, als Gregory von der Bühne ging, sie war ihm verfallen, er sollte bleiben, und er kam noch einmal zu einer Zugabe, es regnete rote Rosen auf die Bühne, aber dann blieb er verschwunden. Sie sah ihm nach, als er von der Bühne ging, dann lief sie um das Holzpodest herum, hoffte, hinten noch einen Blick auf ihn erhaschen zu können. Ein breitschultriger Bodyguard empfing ihn am Treppenabsatz und begleitete ihn zu seinem Wohnwagen. Bei dieser Gelegenheit entdeckte sie Pearl. Sie kam zerzaust und ziemlich aufgelöst unter dem Bühnenpodest hervor. Sie fuhr sich über die Löckchen und strich über ihr Kleid. Sie entdeckte Maren nicht. Ihr folgte ein Mann, der seine Dreadlocks schüttelte und etwas zu Pearl sagte. Der Mann war Chuck.

Maren stand stocksteif da. Ihr war nach lautem Lachen, aber sie war auch schockiert, natürlich. Trieb es dieser Kerl denn mit dem ganzen verfluchten Dorf und sämtlichen Nachbardörfern dazu? Und sie, diese kleine Schlampe, konnte wohl nicht genug kriegen? Eine heiße Zornwelle durchfuhr sie. Dann kam die Scham. Herrje, sie fiel auch auf alles rein! Hatte sich die größten Rumfikker der ganzen Gegend ausgesucht. Doch dann ein anderer Gedanke: Und was machst du? sagte der Gedanke. Dasselbe. Spaß haben. Grenzenlos. Ohne Moralfesseln. Und von diesen Leuten lernst du, und sie tun dir gut! Was soll also die plötzliche Puritanernummer?

Die beiden hatten sie immer noch nicht bemerkt. Sie gingen zu einer der Bars am Rande und bestellten Drinks. Maren atmete tief durch. Es war okay. Sie hatte es überstanden. Die Situation war einfach komisch. Sie würde sich ihr stellen.

Sie ging zu den beiden hinüber. »He, Pearl, hab' dich vermißt«, sagte sie herzlich. »War er nicht Klasse?« Die Zweideutigkeit war unabsichtlich.

Sie ließ Chuck einen Augenblick Zeit, sich zu fassen. Als dann alle drei kapiert hatten, daß man sich rundherum kannte, tranken sie noch einen Rum Coke zusammen. Pearl war gelöst und ziemlich beschwipst. Maren lehnte sich an den Tresen, schaute sich die anderen Leute an und stellte fest, daß sie zwei tolle Freunde hatte. Chuck war einer der attraktivsten Männer hier, und er imponierte ihr mächtig, wie er lässig, unangestrengt dastand mit seiner Mähne, die wunderbaren, seidigen Oberarme gut sichtbar in einem schwarzen Muscle-Shirt, der knackige Hintern und das mächtige Gehänge nicht über die Maßen präsentiert, aber in seiner weißen Hose bestens erkennbar. Er sah erstklassig aus, ohne im mindesten schön zu sein. Begehrenswert. Aber heute nacht gehörte er Pearl. Die beiden hatten es sicher gut miteinander. Ihre Gedanken wanderten in eine dämmrige Hütte, in der sich zwei schwarze Körper umschlangen, aus der dumpfes, tierisches Stöhnen drang...

Ihr wurde ein bißchen schwummrig im Kopf und weich in den Knien. Zeit, nach Hause zu gehen. Sie verabschiedete sich und machte sich davon. Angebote, wie üblich von fast unsichtbaren Gestalten hartnäckig aus dem Dunkeln geflüstert, winkte sie ab. Gregory zerging ihr auf der Zunge, wenn sie an ihn dachte, und in ihrem rosaroten Seidenmund, der Tau absonderte. Hörte das denn hier nie auf? Chuck und Pearl. Sie hätte nichts dagegen gehabt, heute nacht bei den beiden Mäuschen zu spielen. Wo sie's wohl jetzt noch treiben mochten? Am Strand? Unter dem Podest war es bestimmt auch nicht schlecht gewesen, unter den dröhnenden Bässen und Gregorys verhalten beschwörenden Schritten...

In dieser Stimmung stieß sie das Tor des »SamSara« auf und beschloß, daß heute Johns Nacht sein würde.

Das war sozusagen unausweichlich. Es hatte sie erregt, wenn sie von ihren Treffen mit Chuck zurückgekommen war und gewußt hatte, daß John die Geilheit in ihren Augen sah, das zufriedene Schimmern, den aufgewühlten Blick. Sie wußte, daß er ein bißchen gelitten hatte und auf Chuck neidisch war. John begehrte sie. Dies zu wissen machte sie scharf. Und sie war noch feucht von ihren Visionen, von den Blicken unter ihre Haut.

»Hi, John«, sagte sie mit schwerer Zunge und vom Rum tiefer Stimme und blinzelte in das helle Licht. John schaute von seiner Zeitung auf – nicht erstaunt – er hatte sie kommen hören –, aber erwartungsvoll. Meist ging sie nachts an ihm vorbei und rief ihm nur verhalten »Good night, John« zu. »Wollen wir einen Joint zusammen rauchen?« fragte sie. »Sara ist schon weg. Sie wird's nicht merken.«

Er nickte. Ernsthaft wie immer. »Warum nicht«, sagte er. Dann kramte er sein Ganja-Täschchen heraus und drehte geschickt aus dem Marihuana einen Joint. Nicht zu groß, denn er wußte, daß Maren nicht viel vertrug.

Sie gingen hinter die Hütten, bis an die Grenze zum Sumpf. Das Schnarren der Zikaden war ohrenbetäubend laut und nah. Hin und wieder raschelte etwas im Schilf.

Maren genoß die Spannung. Beide spürten sie das wehende Flackern, die Funken. Du lebst im Exzeß, sagte sie sich, als sie den duftenden Rauch einsog, aber, Gott, wie gut es dir tut! Sie fühlte sich stark und mutig. Sie war es, die einen Mann herausforderte, sie ergriff die Initiative. Sie hatte keine Angst. Sie wollte einfach die Glut löschen, sich befriedigen. Eine Nacht, in der man Gregory gesehen hatte, konnte man nicht ohne einen krönenden Abschluß beenden. Die Wünsche, die der Cool Ruler erzeugte, waren alles andere als cool.

Der Jasminbusch neben ihnen duftete betäubend. »John«, flüsterte sie, streifte die Träger von ihren Schultern, löste ihre Schuhe vom Fuß. Sie öffnete den Reißverschluß ihres Kleides und ließ es nach unten rutschen. Ein Windhauch strich über ihre nackte Haut.

John stand da und sah ihr zu. Er rührte sich nicht. Seine Brust hob und senkte sich heftig, als hätte er Atembeschwerden. Der Joint in seiner Hand brannte herunter. Es erregte sie ungeheuer, sich vor einem Mann auszuziehen, der sie so sehr wollte. Seine Hose war ausgebeult. Klar, er hatte einen gewaltigen Ständer, lechzte nach ihr. Ganz sachte, langsam, zog sie ihr Höschen herunter, bis es auf ihren Füßen lag, stieg darüber, trat zu ihm. Sie strich über seinen harten Schwanz, knöpfte seine Shorts auf und ließ das hervorschnellende Glied frei. Ja, es fühlte sich sehr hart und oben feucht an.

Da kam Leben in John. Als hätte sie ihn aus seiner Hypnose geweckt, packte er sie plötzlich, hob sie hoch – sie wunderte sich, daß er so stark war, verblüfft hielt sie sich an seinem Nacken fest – und trug sie hinter das Waschhaus, wo eine Liege für die Gäste stand, die sich hier in Ruhe sonnen wollten. Er bettete sie darauf, riß sich die Shorts herunter und drang in sie ein.

Sie öffnete sich ihm weit, der Nacht, den Düften des Dschungels, des Sumpfes, den Sternen, und er fuhr genüßlich in sie, unbeherrscht, aber mit der Haltung eines erfahrenen Genießers. Aha, der scheue Poet, dachte sie, alles Kokolores, der ist keinesfalls schüchtern, der kommt schon auf seine Kosten. Er grub seinen Stamm in ihre nasse Höhle, wühlte, stöhnte zwischen den Zähnen, und sie gab sich ihm hin, schlang die Beine um seinen Rücken, um ihn tiefer in sich aufzunehmen. Er erregte sie so heftig, daß es ihr bald kam; schneller, als sie gewollt hatte, wurde sie von einem ausgedehnten Orgasmus gepackt und hilflos durchgeschüttelt. Er machte gleich weiter, zog ihn heraus und ließ sie nur die dicke, runde

Spitze spüren, nur immer den klobigen Kopf an dieser feinsinnigen Haut an der Pforte, dann zog er ihn ganz weg und griff mit rauhen Händen nach ihren Brüsten, als hätte er lange danach gegiert. Sie zuckte ihm entgegen, wimmerte unterdrückt. Er nahm ihre Hüften und schob ihn ihr mit einem rohen Stoß hinein, zwei, drei dieser Art folgten, und es schüttelte sie schon wieder. So fickte er sie eine ganze Weile, der ganz und gar nicht mehr schüchterne Poet, mit Vorsatz, er wollte sie lange genießen, er wollte sie auskosten, er wollte, daß sie unter ihm zusammensackte, und das tat sie, schon fast darum bettelnd, daß er doch aufhören möge. Ihr war schwindlig, so oft war es ihr gekommen, sie hatte das Gefühl, nicht mehr gehen zu können. Wenn sie nicht so müde gewesen wäre, hätte sie diesen Tag endlos ausdehnen wollen, zwischen Johns, Pearls und Chucks Körper pendeln, eine endlose Ebene Lust, der Horizont weit entfernt.

8

Pearl ließ sich eine ganze Weile nicht mehr blicken. Dann traf Maren sie eines Tages am Strand, wo sie bei Saida, der Frau mit den zwei Rasta-Kindern, hockte. Sie war verlegen, als sie Maren sah, schien sich aber trotzdem zu freuen. Sie erzählte eine lange Geschichte: daß sie vor Gericht um ihre Tochter Joelle habe kämpfen müssen, die bei ihrem Vater lebte, der aber nicht mehr richtig für sie sorge. Sie trug ein limonengrünes T-Shirt und einen bunten Rock mit Elefanten darauf und setzte sich schüchtern zu Maren in den Schatten eines Mandelbaums. Es war ein heißer Tag und das Meer zartblau und türkis wie immer; doch heute brodelte es vor schwarzen Körpern. Es war Wochenende, und mehrere Busse aus Kingston mit Scharen von Stadturlaubern waren eingetroffen. Schon den ganzen Tag hatte Maren neugierig die Großfamilien beobachtet, die ausgelassen im Wasser herumtobten. Großmütter, würdige alte Frauen in farbenfrohen Badeanzügen, die von ihren Söhnen liebevoll ins Wasser geleitet und dort herumgeschaukelt wurden. Gestandene ältere Männer – sie schwärmte für die alten Jamaikaner, sie fand sie sehr sexy, meist strahlten sie eine ungeheure Reife und Ruhe aus, die sie von weißen Männern nicht kannte –, die kichernd mit ihren Frauen Wasserschlachten machten. Füllige Familienmütter, die mit durchsichtigen Plastikhauben auf den Frisuren vorsichtig ins Wasser tappten, meist aber am Rand herumlagen und die Wellen über sich hinwegspülen ließen. Viele Erwachsene konnten nicht schwimmen, sie gingen dann nur bis zum Bauch ins Wasser und spritzten einander unter lautem Gelächter naß oder hockten vergnügt in der Brandung.

Und natürlich die Kinder, die herumsprangen, einander untertauchten, aus Plastikflaschen übergossen, quietschten. Jungen, die Sandburgen bauten und die Mädchen an den vielen vom Kopf abstehenden Zöpfen zogen. Kleinkinder, die auf kurzen, krummen Beinen durch die Gischt stolperten. Mädchen in altmodischen Badeanzügen, die in grellbunten Schwimmringen im Wasser herumpaddelten. Verträumte Teenager, die im Schatten hockten und die Blicke der muskulösen, ballspielenden Jungen zu übersehen versuchten.

Erstaunt stellte Maren fest, daß viele der Frauen unter ihren Badeanzügen Slips und BHs anbehielten. Es schien als unzüchtig zu gelten, sie abzulegen. Sie wollte Pearl nicht in Verlegenheit bringen und beschloß, nicht danach zu fragen. Aber sie wollte mit ihr ein wenig über Frauendinge plaudern, ein paar Geheimnisse aus ihrer Kultur erfahren. Immerhin war Pearl eine Art Freundin für sie.

Sie holte vom Stand eine Kokosnuß für sie beide. Saida legte die große grüne Nuß auf ein Holzbord und hackte ihr mit einer Machete die Spitze ab. Dann reichte sie Maren die Frucht aufrecht und steckte zwei Strohhalme hinein. Maren zog den Fleischring ab, der das Loch der Nuß umgab – eine Geste, bei der sie immer das Gefühl hatte, ihr die Jungfräulichkeit zu rauben –, und kaute ihn. Er schmeckte erfrischend, nicht wie das künstliche Kokosaroma, das sie aus Schokoriegeln kannte. Sie schwärmte für dieses reinweiße Kokosfleisch und das fetthaltige Wasser. Eine Kokosnuß war im Grunde eine ganze Mahlzeit.

Pearl und sie schlürften einmütig die Kokosnuß leer, dann löffelten sie das Fleisch mit einem Keil aus der Schale, den Saida ihnen abschlug.

Pearl erzählte interessante Geschichten vom Kinderkriegen auf Jamaika. Daß man zum Beispiel als Mutter den Augenblick nicht verpassen dürfe, in dem die Nabelschnur des Kindes abfiel. Sonst würde es ein Dieb. »Hab' auch schon mal was Furchtbares gesehen«, fuhr sie fort und nickte verträumt. Sie schien sehr gern über Intimes zu sprechen.

»Was denn?« fragte Maren neugierig, wüste Geheimnisse ahnend.

»Zwillinge, halb Tier, halb Mensch«, sagte Pearl stolz.

Maren schluckte. Konnte es sein, daß dieses Mädchen, dem sie sich doch recht nahe fühlte, so etwas glaubte? »Bist du sicher?« fragte sie vorsichtig nach.

Pearl sah sie entrüstet an. »Natürlich«, sagte sie heftig. »Eine Ziege hat die zur Welt gebracht, mit der es im Busch einer getrieben hat. Gibt schreckliche Männer.«

Sie schüttelte sich wohlig. »Wenn sie aus dem Knast kommen oder zu lange im Busch leben, dann machen die das. Ist das nicht eklig?«

Maren faszinierten diese Geschichten ungeheuer. Sie verdeutlichten ihr freilich auch die Kluft, die zwischen ihr und den Einheimischen war, die sie aber manchmal gar nicht so stark spürte. Jedenfalls war sie froh, daß es Pearl und ihr gelungen war, die beiderseitige Verlegenheit loszuwerden.

Wie weit sich ihre sexuellen Phantasien in abseitige Bereiche vorwagten, hatte Maren nie geahnt. Sie hatte sich kaum gekannt vor dieser Reise, stellte sie fest. Sie hatte Angst vor sich selbst und Angst vor Sex gehabt, Angst vor Gefühlen. Jetzt wußte sie, wie es war, wenn man offen war, nicht ständig über emotionale Hürden klettern mußte, und sie hatte eine Ahnung davon, daß Ficken nichts Schlechtes war. Alle Leute taten es, und hier taten sie es mit großem Genuß. Ihr Besuch beim Craftsmarket brachte sie mit weiteren Empfindungen in Verbindung, die sie in sich nicht vermutet hätte, und sie merkte, daß sie bei weitem noch nicht alles über sich wußte.

Das kleine Hüttendorf am Negril-Fluß, in dem die Einheimischen Andenken, Kleidung und Kunsthandwerk verkauften, hatte sie schon die ganze Zeit interessiert. Eines Morgens machte sie sich dahin auf. Da sie nicht recht wußte, was sie dort erwartete – John hatte ihr gesagt, daß man handeln müsse und gut auf sein Geld aufpassen solle –, hatte sie sich zweckmäßig und zurückhaltend angezogen: locker fallender Rock mit Blumenmuster, hellgrüne ärmellose Baumwollbluse, flache weiße Mokassins.

Vor den Hütten wehten bunte Handtücher, T-Shirts mit Aufdrucken und Hüte. Frauen hockten im kühlen Inneren oder auf Schemeln im Eingang und boten Halsketten aus kleinen Glasperlen, Armbänder, Ringe und Ketten aus dunkelgrünem Malachit, schwarzer Koralle, Perlmutt an oder Schnitzereien aus Holz wie Kalebassen oder Spazierstöcke mit Papageienköpfen. Sie winkten Maren eifrig herbei, »come here, honey«, »have a look, dear«. Sie schaute sich die Sachen in Ruhe an und versuchte, sich nicht drängen oder überreden zu lassen. In einer Hütte, in die sie hineinsah, lag eine Hochschwangere auf einem Bretterlager, ihr Kleid hochgezogen, so daß man den schwarzen Schlüpfer sehen konnte, ein Bild, das sie seltsam berührte.

Gegen das Meer hin wurden die Hütten düsterer, Männer saßen davor und feilten an Amuletten aus brauner oder schwarzer Koralle. Auf Tischen hatten sie die fertigen Stücke ausgestellt. Da gab es die »magic mushrooms«, Hände in anzüglichen Gesten, Fische und andere Tiere, Haschischpfeifen. Bei einem Mann, der, einen Berg Werkzeuge und unbearbeitete Korallenarme vor sich, vor seiner Hütte hockte und träge einen Anhänger polierte, entdeckte Maren Ohrringe in Penisform. Irritiert starrte sie darauf, strich mit dem Finger über das schimmernde Material. Irgend etwas in ihr war peinlich berührt bei diesem Anblick. Der Mann betrachtete sie mit spöttischem Lächeln und fragte, ob sie sie kaufen wolle. Sie verneinte hastig und ging weiter, betrat den nächsten düsteren Bretterverschlag und fand darin dunkle, massige Schnitzereien, überwiegend Tierfiguren und Köpfe; dann fiel ihr Blick auf die große Statue einer sitzenden Frau. Zwischen ihren prallen entblößten Brüsten hing ein Zopf herab, sie hatte die Hände in die Hüften gestützt und die Beine in einem übertriebenen Winkel gespreizt, die Füße bogen sich nach oben wie in der Sonne gedörrte Fische, und ihr Geschlecht war in groben Schnitten zwischen ihre Beine gekerbt, inmitten eines zu groß geratenen Quadrats angedeuteter Schamhaare.

Maren konnte den Blick nicht von der Statue lösen, schaute immer wieder hin, schockiert und doch erregt von der Direktheit und Einfachheit der Darstellung. Als sie sich in dem dämmrigen Raum umsah, entdeckte sie vier unterschiedlich große Penisse aus Koralle, einer davon in der Größe eines Vibrators. Sie betrachtete sie und stellte fest, daß sie sehr sorgfältig gearbeitet waren, sogar die Harnröhrenöffnung hatte man eingeritzt.

Sie verließ die Hütte in einer Art Taumel, mit einem leichten, beunruhigten Ziehen im Unterleib. Draußen ging sie ein paar Schritte in der gleißenden Sonne, wurde von allen Seiten hereingewinkt und geriet in einen Raum, in dem ihr im Halbdunkel meterhohe kohlschwarze Statuen von Männern mit überdimensionalen Penissen, von Paaren in eigenartig ungelenken Posen des Geschlechtsverkehrs und von hockenden Frauen mit geschwollenen

Bäuchen entgegensahen. All dies versetzte sie in einen sonderbaren Zustand, in dem alles möglich, nichts verboten schien, in dem Sex so gelebt werden durfte, wie er in diesen Figuren zu sehen war: direkt, ungeschliffen, heftig, offen.

Von einer alten Frau ließ sie sich in eine Hütte lotsen, in der ihr »King George« vorgeführt wurde: eine Gestalt aus dunklem Holz, eckig, mit spitzem Kopf. Der Körper steckte in einer Tonne; zog man die Tonne hoch, schnellte einem ein hölzernes Glied an einer Feder entgegen. Obszön ragte es hervor, riesig, so groß wie der Kopf der stilisierten Figur. Auch die handgroßen Cong-Muscheln auf den Regalen boten ihr Geschlecht dar, ihre rosafarbenen, geschwungenen Öffnungen glichen so sehr der Vulva, daß sie wie Abbilder wirkten, nicht wie Schöpfungen der Natur.

Sie wurde allmählich wirr im Kopf und war in einer seltsamen Stimmung, mutig und auf eine unangenehme Art außer sich ob all dieser Offensichtlichkeit. Durch ein Fenster entdeckte sie eine Vitrine, in der leuchtend-farbige Schmuckstücke und kleine geschnitzte Figuren durcheinanderlagen. Sie bat einen finster wirkenden Mann in einer fleckigen Hose, der vor der Hütte hockte, ihr die Tür zu öffnen. Sie wollte die Sachen genauer ansehen. Er ließ sie ein, und sie trat in einen engen, mit Gegenständen vollgestopften und verwahrlosten Raum, bückte sich und nahm die Vitrine in Augenschein.

Magisch anmutende Schmuckstücke – schwere unregelmäßige Korallenarmreifen mit Spuren eingebrannter, glitzernder grüner Farbe, Ohrringe aus Tierzähnen, riesige Silberringe mit wirren Farbmustern – lagen darin, dazwischen unheimliche Gebilde, fingerlange Schnitzereien, die offenbar entfesselten Phantasien entsprungen waren: Zwischen den Beinen einer gekrümmten Frau ragte ein Säugling hervor, an ihrer Seite stand ein geisterhaftes Tier auf den Hinterbeinen, hinter allem aufragend ein Mann, auf dessen Kopf ein Teufel mit spitzen, langen Ohren kauerte, verschlungene Formen, in denen sich menschliche Glieder, Äste und wiederum die magischen Pilze erkennen ließen. Dann entdeckte Maren eine Schnitzerei, halb so groß wie ein Daumen, die sie sofort besitzen wollte: einen Mann und eine Frau. Sie umklammerten einander; der Penis des Mannes berührte die Vulva der Frau. Die Schnitzerei wirkte knorrig, primitiv, wie aus einer anderen Welt.

Die Vitrine war verschlossen. Während ihrer Betrachtung war Maren ein Geräusch ins Bewußtsein gedrungen, ein Scharren und Kratzen. »Hello?« fragte sie zögernd ins Halbdunkel hinein.

Hinter dem Tresen kam eine Art Grunzen hervor. Sie ging zur Seite und blickte dahinter. Ein Mann hockte dort auf einem Schemel, feilte an einem gewundenen Korallenarm herum und blickte aus rot verschwommenen, trüben Augen zu ihr auf. Auf seinen verfilzten Dreadlocks hing eine schmuddelige Wollkappe. Er grinste schief und entblößte dabei braungelbe Zahnstummel. Maren schrak innerlich zurück, bat ihn aber trotzdem, die Vitrine zu öffnen. Er murmelte etwas vor sich hin, erhob sich wie in Zeitlupe, angelte die Schnitzerei mit den beiden Figuren aus dem Glaskasten und reichte sie ihr.

Maren wog sie in der Handfläche, begeistert von der Ursprünglichkeit, zugleich eingeschüchtert von der dunklen Atmosphäre der Hütte, in der unaussprechliche Phantasien und Dämonen zum Leben zu erwachen schienen. Ungeduldig verhandelte sie mit dem Mann über den Preis der Schnitzerei, wollte so schnell wie möglich hinaus ans Licht, doch er nuschelte zwischen seinen Zahnstummeln hervor, sie, die Frau, gefalle ihm, er wolle sie mitnehmen. Dabei feilte er wie besessen an der Schnitzerei herum, die er ihr wieder abgenommen hatte, vertiefte die Haarsträhnen des Mannes und grinste sie geil und benebelt an.

Sie war unruhig und fühlte eine Angst in sich wachsen. Was, wenn er sie nicht mehr aus der Hütte ließ, wenn er gar versuchte, sie mit seinen schwieligen, schmutzigen Händen zu berühren? Sie schauderte, mochte aber ohne die Schnitzerei nicht gehen und empfand auch einen gewissen Kitzel – die Gefahr erregte sie, die unangenehme Intimität, die durch die Enge des Raumes zwischen ihr und diesem verkommenen Mann entstand.

Mit etwas Gerede entwand sie ihm schließlich die Schnitzerei, legte die Geldscheine auf den mit Gegenständen übersäten Tresen und hastete ins grelle Licht hinaus.

Sie schüttelte sich innerlich, ging, die Schnitzerei in der rechten Rocktasche, wo ihre Finger sie spüren konnten, den Strand entlang, versuchte die Bilder, die in ihrem Kopf festhingen, loszuwerden und konnte es nicht. Die trüben roten Augen, die sie musterten, sie auszogen mit Blicken. Mitnehmen. Sie sah sich gefangengenommen; er war blitzschnell um den Tresen herumgelaufen, hatte die Tür abgeschlossen, sie in einen weiteren, ebenso schmutzigen und vollgestopften Nebenraum gezerrt. Er murmelte weiter vor sich hin und riß ihr die Bluse auf, betastete mit seinen knochigen Schwielenfingern ihre nackten weißen Brüste, zog sie an sich, ging ihr unter den Rock, befühlte ihre Muschi, beseligt in sich hineinmurmelnd. Als sein Kumpan an die Tür klopfte, brüllte er, er solle draußen bleiben. Sie stand da, schrie nicht, versuchte nicht wegzulaufen, atmete nur heftig. Dann stieß er sie auf einen alten Holzstuhl, zwang sie, die Beine weit zu öffnen, nahm ihr das Höschen weg. Ihre Brüste ragten aus der aufgerissenen Bluse heraus, ihre Muschi lag frei, den Blicken dieses Ungeheuers freigegeben, ihr Rock hing links und rechts von ihren Beinen auf den Boden. Er stand über ihr, holte seinen Penis heraus, ein krummes, häßliches Ding, verwachsen wie die Korallenarme, und begann mit aufgerissenen Augen, wirres Zeug vor sich hinredend, sich selbst zu befriedigen, den Blick starr auf ihre geöffnete Spalte gerichtet.

Maren schüttelte entnervt den Kopf und stapfte den Strand entlang. Was war in sie gefahren? Sie verstand nichts mehr. Die bloße Vorstellung hatte sie auf eine unangenehme Weise erregt.

Sie genehmigte sich am hellichten Nachmittag bei

Mike einen Ananassaft mit viel Rum und aß ein Gemüsepattie, eine scharf gewürzte Teigtasche, schaute den Frauen vor den Buden zu, die miteinander palaverten, Fische entschuppten, Orangen auspreßten, Eis zerhackten. Sie kaufte sich bei Ma Faulkner, einer dicken Frau, die vorne nur noch drei Zähne hatte, was sie aber nicht daran hinderte, herzlich zu lachen, einen Strohhut mit einem bunten Band. Danach ging es ihr besser.

9

Als sie Cecil begegnete, erinnerte sich Maren plötzlich an ein Bild, das ihr als einziger Eindruck aus einer Theaterinszenierung in Erinnerung geblieben war: Als sich die beiden Liebenden, die Hauptfiguren des Stücks, zum ersten Mal begegnen, auf einem großen Fest, verstummen alle Geräusche um sie herum, und sie beginnen auf einer breiten Lichtbahn – der Rest des Raums ist dunkel – aufeinander zuzugehen. So war der erste Blick zwischen ihnen: Sie sah nur noch seine Augen und spürte einen feurigen Strahl, der wie ein Blitz in sie fuhr.

Sie war auf dem Wochenmarkt in Savannah-la-Mar, der nächsten Stadt bei Negril. Schon lange hatte sie diesen Markt sehen wollen, und an diesem Samstag war sie morgens in einen der überfüllten Mini-Busse gestiegen, zwischen eine dicke Frau mit Einkaufskörben und einen alten Mann mit einem Fahrradreifen auf dem Schoß gequetscht und in halsbrecherischem Tempo nach Sav befördert worden. Es war ein sehr heißer Tag, und sie hatte vergessen, ihren Strohhut mitzunehmen. Benommen von der Hitze und berauscht von den vielfältigen Eindrücken, ließ sie sich von der Menge zwischen all den

Ständen, durch die Hallen, unter den Säcken hindurchtreiben, die die Frauen gegen die Hitze über die aufgetürmten Fruchtberge gespannt hatten. Am Rande des Marktgeländes verkauften die Fischer unter aufgeregtem Geschrei der Kunden ihren Fang aus dem Boot heraus. Kreischende Möwen versuchten einen Bissen zu ergattern, und ein schwarzer Sturmvogel zog leichthin und elegant seine Kreise über dem Getümmel.

Berge von riesigen rosaroten Cong-Muscheln türmten sich an der Mole, und der Boden war übersät mit getrockneten Fischschuppen, die einen scharfen Geruch verströmten. An den flüchtig zusammengezimmerten Holzständen lungerten scherzend schwarze Frauen. Manche Stände waren schon leergekauft, an anderen lagen prachtvoll schillernde Papageienfische, silberne Bonitos, Red und Yellow Snappers oder gnadenlos aufeinander gehäufte Hummer.

Die Düfte eines Gewürzstandes stiegen ihr in die Nase: schwarzer Pfeffer, Curry, Piment, Thymian, Ingwer, Koriander. In kleine Plastiksäckchen verpackt, bildeten sie ein buntes Mosaik. Stämmige Frauen hockten breitbeinig hinter Bergen von braunen Yamswurzeln, grünem, noch feucht glitzerndem Callaloo – einer Art Spinat –, Karotten, saftiggrünen Gemüsebananen, orangegelben Papayas, hellgrünen Kokosnüssen, sattgelben Zuckerbananen, weißen Zwiebeln und knallroten Tomaten. Aus einem Eimer starrten Maren in einer Brühe schwimmende Hühnerfüße entgegen, eine Frau wollte ihr Schokolade in Stangen und zu schlangengleichen Rollen aufgewickelten Kautabak verkaufen. In den Hallen schlug ihr der penetrant süßliche Geruch von Fleischabfällen entgegen; auf Tischen mit Metallplatten wurden Pansen, glänzende rote Rindfleischstücke, getrocknete und geflochtene Innereien angeboten. Ein paar Stände weiter hinten grellbunte winzige Spitzenkleidchen, die Sonntagskleider, die man hier schon den ganz kleinen Mädchen anzog, um sie stolz zu präsentieren. Daneben gigantische Spitzenschlüpfer in leuchtenden Farben und enge rote und schwarze Slips, auf einem Holztisch zu einem attraktiven Muster gelegt und von bunten Plastikflaschen mit Kokosmilch und Schönheitsmitteln, von Bürsten, Kämmen und den bonbongleichen Haarspangen umgeben, mit denen die Mädchen ihre Haare zu bändigen versuchten. Sie ließ sich von der drängenden Menge wieder aus den Hallen hinaustreiben, sog den Geruch von Zwiebeln, frischer Ananas, Knoblauch, überreifen Sauersackfrüchten ein und blieb vor einem Stand stehen, um sich ein paar Mandarinen und Orangen zu kaufen. In diesem Augenblick bemerkte sie ihn. Er stand bei einem Gewürzstand und sprach mit der Besitzerin. Er war groß, sehnig, fast hager und hielt sich sehr aufrecht. Er wirkte ernst, unbeirrbar, gelassen, unbezwingbar, weise, aber nicht weltfern. Der Löwe von Juda, dachte sie.

Sie hatte immer nach einem Mann gesucht, der ihre untergründigen Zweifel an der Großartigkeit des männlichen Geschlechts für immer auslöschen würde. Hier war er.

Kurz spürte sie, daß ihr ein Schweißtropfen den Rükken hinunterrann, daß sich neben ihr ein Mann mit einem Saltfish-Karren durch die Menge drängte, daß sie eine Mandarine in der Hand hielt, in die sie ihre Nägel bohrte. Dann versanken alle Eindrücke, denn er wandte den Kopf und sah sie an. Ihre Blicke trafen sich. Sie schien nur noch eine glühende Masse zu sein, von einem Bannstrahl getroffen. Dann begann sie wieder zu atmen, denn er nickte der Frau am Stand zu und kam zu ihr herüber. Sie legte die Mandarinen zu den anderen zurück, wartete. Als er vor ihr stand, lächelte er, streckte ihr die Hand hin und sagte: »Glad to meet you. My name is Cecil.«

Sie gingen in eine Bar. Der Weg dorthin war Verwirrung. Sie taumelte irgendwie durch die Menschenmassen, folgte Cecil, der vorausging und ihr einen Weg zu bahnen suchte. Vereinzelt nahm sie etwas wahr: strengen Fischgeruch, einen Stand mit hübschen Baumwollkleidern. Doch vor allem fühlte sie sich wie unter Hypnose. Erst als sie in der kühlen Bar unter einem schweren Holzventilator Cecil gegenübersaß, der ein kaltes Bier trank, und feststellen konnte, daß er ein Mann aus Fleisch und Blut war, ein ganz normaler Mensch also, gewann sie ihre Fassung zurück. Die wenigen Frauen, die mit ihren Männern an den kleinen Holztischen saßen, ihre Einkaufstüten neben sich, hatten etwas Gieriges im Blick, wenn sie ihn ansahen. Man merkte ihm sein Alter und seine Lebenserfahrung an. In sein kurzes Kraushaar mischten sich die ersten Silbersträhnen. Seine kaffeefarbene Haut war nicht mehr so straff gespannt wie die der jungen Männer, aber glatt und glänzend. Sein Mund war voll und gerade zugleich. Seine Augen beherrschten sein Gesicht. Sie waren sehr dunkel und sehr gleichmütig. Sie hatten wahrscheinlich zu viel gesehen, um noch erschreckt oder aufgewühlt blicken zu können. Liebend, ja, das schon.

Marens Körper vibrierte. Sie hörte kaum, was Cecil sagte. Sie wollte von ihm angefaßt werden, ersehnte die Berührung seiner kräftigen Hände. Sie wollte diese Lippen an den ihren spüren. Sie wollte sich mit diesem Mann verbinden, verschmelzen. Ihr Hirn schien vollständig auszusetzen. Sie hatte sich in ein von Begierden geleitetes Wesen verwandelt. Sie genoß es. Spielball auf Gefühlswellen, das hatte sie immer sein wollen. Den Verstand verlieren.

»Where do you live?« fragte Cecil, lehnte sich zurück und sah sie an. In seinen Augen glitzerte etwas. Auch er wollte sie.

Sie wußten beide, daß sie ein langes, rauschendes Fest feiern würden, wenn sie zusammenkämen, daß es keine Vorbehalte und Umwege geben würde, daß sie aufeinanderprallen und alle Schutzmaßnahmen überflüssig sein würden.

»In Negril«, antwortete Maren, sehr klar und ruhig. Sie hatten sich mit gutem Grund gefunden. Sie mußten nicht viele Worte machen.

»Ich wohne in den Bergen, hinter Sav. Ich habe eine kleine Gewürzfarm dort. Möchtest du eine Zeitlang mit mir dort bleiben?«

Maren nickte. Sie hatte keine Angst. Sie traf eine Entscheidung, die auf der Hand lag, die sonnenklar war, die – sie wußte es – richtig war. Sie war jetzt reif für einen solchen Mann. Sie mußte ihn nicht fürchten. Sie würde ihn lieben können. Mit Haut und Herz.

Als Sara von der Hauptstraße abbog, begann Maren zu verstummen. Zwischen wogenden lichtgrünen Zuckerrohrfeldern hindurch fuhren sie einen holprigen Weg entlang, eine Weile im Schrittempo, weil sie hinter einem völlig überladenen Laster bleiben mußten. Zuckerrohrstangen rutschten ab und zersplitterten auf dem Boden, und zwei kleine Jungen rannten hinter dem klapprigen Bretterwagen her und klammerten sich an die Ladefläche, ließen sich ein paar Meter mittragen.

Die Landschaft begann sich zu verändern, strahlte etwas Magisches, Ehrfurchtgebietendes aus. Die blaugrünen Berge kamen näher. Dann ratterten sie über eine Bohlenbrücke auf einen staubigen, steinigen Weg, der an einer Anzahl von Hütten vorbeiführte. Kinder folgten ihnen, ausgelassen johlend, Hühner flatterten erschreckt auf und flohen, Hunde sprangen zur Seite, Frauen blickten neugierig von der Arbeit auf. Sara hob manchmal grüßend die Hand, und die Frauen winkten zurück. Auf verwilderten Grasflächen weideten schwarze, knorrige Rinder, vor einer Hütte glomm ein Feuer, über dem ein schwerer Eisentopf hing. Eine verzauberte, vieldeutige Atmosphäre lag über dem Dorf.

Sie kamen auf eine gerade Wegstrecke und ließen die

Hütten hinter sich. Die Landschaft öffnete sich. Weite, liebliche Grasflächen, durch die sich verspielt ein Flußlauf wand, an dessen Ufern dickblättrige Wasserpflanzen, niedrige, gefiederte Palmen, hohe Gräser wucherten. Eine Gruppe von Tulpenbäumen, übersät von faustgroßen blutroten Blüten, umringte einen Teich. Der kleine Fluß schlängelte sich durch die Ebene, an deren Rändern sich sanfte, mit undurchdringlichem Buschwerk bewachsene Hügel erhoben. In der Ferne zerflossen die dunstigen Formen anderer Ausläufer der Blue Mountains unter einem blaßblauen Himmel. Die Sonne blitzte immer wieder grell zwischen tiefblauen Wolken hervor. Ein Gewitter nahte. Die Luft war schwer und feucht, durchweht von Blütendüften, dem Geruch des Wassers, dem Rauch von Holzkohlenfeuern. Es war ein unwirkliches, geheimnisvolles Tal. Noch nie hatte Maren eine Landschaft von vergleichbarer Schönheit gesehen.

Rechter Hand zeigte sich jetzt eine Anhöhe, zu der eine Treppe aus Bohlen hinaufführte. Ein flaches Holzhaus, umgeben von einem großen Garten, blickte übers Land. Am Fuß der Anhöhe wand sich der Fluß entlang. »Hier ist es«, sagte Sara und hielt vor einer kleinen Brücke, die über den Fluß führte. »Ich setze dich am besten hier ab. Es ist schon jemand da zum Koffertragen.«

Oben am Ende der Treppe stand Cecil. Der Hüter des Anwesens, ihr Magier. Unbewegt stand er da und blickte auf sie herunter. Maren sah ihm entgegen, gefesselt, stumm, freudig und doch nicht aufgeregt. Kein Flattern im Bauch, wie bei früheren Gelegenheiten. Dort war jetzt eine gierige Gewißheit, eine tiefe dunkle Lust, ein unerklärliches Vertrauen.

Er löste sich aus seiner unbewegten Haltung, kam langsam die Treppe herunter. Maren stieg aus. Sie standen voreinander und schauten sich an.

»How are you, Maren?« fragte er.

»I'm fine«, antwortete sie rauh.

Sara kam um den Wagen herum und nickte Cecil zu, er erwiderte den Gruß, dann nahm sie Maren in die Arme, sagte: »Bye bye, dear. Komm bald wieder. Ich wünsche dir eine wunderbare Zeit«, stieg ins Auto und fuhr davon.

Maren sah ihr kurz nach. Dann stiegen sie gemeinsam die Treppe hinauf.

Die Erde verströmte benebelnde Düfte von Vanille, Zimt, Curry, Koriander. Ein robustes Haus aus festem, dunklem Holz. Er ging voraus in einen Raum, der ihrem Zimmer im »SamSara« glich. Ein Bett mit einer bunten Baumwolldecke darauf, ein Regal an der Wand, in der Ecke ein Spazierstock mit einem Papageienkopf als Knauf. Durch ein Fenster und eine Tür, die auf eine Veranda gingen, drang das bläuliche Licht der Vorgewitterstimmung herein. Cecil stellte ihre Taschen ab.

Dann standen sie voreinander, außer Atem vom Treppensteigen. Die Luft war schwül. Sie spürte die Hitze seiner Haut. Eine große, schwindelerregende Sehnsucht erfaßte sie. Ihre Knie wurden weich. Endlich. Sie umfaßten einander, stürzten einander in die Arme, umklammerten sich. Sie taumelte im Geist, verließ mit einem leichten Sprung den Erdboden, schwebte über einer Landschaft, bezaubernd wie dieses Tal. Sie verlor ihr Gewicht, war offen, frei, keine Feinde gab es weit und breit. Hier war Schutz und Entzücken.

Sie fielen auf das Bett, verkrallten sich ineinander, zerrten an ihren Kleidern. Ihre Zungen verknäuelten sich wie aufgebrachte Schlangen, mit einem kleinen, erlösten Schluchzen in der Kehle fuhr sie in seine borstigen Haare, spürte sie im weichen Inneren ihrer Hand. Seine Hände nahmen Besitz von ihr, ertasteten unbeirrbar jede Rundung, jede Ecke, jede Kuhle, jede Feuchtigkeit, und sie bot sich ihm dar, zarthäutig und seufzend; als er über ihre steil emporragenden Brusthügel strich, begann sie zu schmelzen, wurde schlüpfrig, zerfloß, fremde Töne drangen aus ihr, kleine Flammen züngelten aus ihrer Haut, und Ströme quollen aus dem Delta zwischen ihren Beinen, der hilflosesten und doch machtvollsten Stelle ihres Körpers. Er riß das letzte Stück Stoff von ihrem und seinem Leib, ihr Innerestes schrie nach ihm. Er ließ sie nicht lange warten, stand wild und steinhart, blauschwarz schimmernd vor ihr, urzeitlicher Stamm, und sie zuckte ihm entgegen, durstig, ersterbend; ihr war, als brächen ihre Augen, und doch barst sie vor Leben. Er drang in sie, heiß und gewaltig, und sie stöhnte erstickt – noch nie hatte sie einen Mann so ersehnt, noch nie so liebend empfangen, noch nie so tief in ihr Zentrum vorstoßen lassen. Er traf sie, reizte sie. Sie verfiel in erlösende

Krämpfe, wand sich, schrie, während sie explodierte, ein Funkenschauer, ihr Leib schien zu zerplatzen. Weiter bohrte er sich in sie; sie grub sich in seinen Rücken, wollte Stücke herausreißen, sich hineinbrennen, in Zungen sprechen. Keuchend rang sie nach Luft, in ihren Ohren rauschte es, sie stieß ein tiefes Stöhnen aus. Dunkel wand er sich über ihr, knetete sie, stieß fordernd gegen alle ihre Polster, in ihre Nischen, glitt an ihren elastischen Wänden auf und ab und machte sie jauchzen, bis sie wieder überquoll. Sie war durchdrungen von seinem Glied, samtigweich spürte sie seine unbezähmbare Härte, seine mahlenden Flanken. Auch er raste, auch er hatte längst den Boden unter den Füßen verloren, wurde von namenlosen Sensationen in einen rotglühenden Schlund gesogen. Mit letzter Kraft stießen sie aneinander und traten über den Rand der Klippe, stürzten, zerbarsten wie Feuerbälle, trafen auf und schlugen einen großen Krater, brüllend und ekstatisch, keuchend, glückselig und erschöpft.

Morgens brachte er ihr das Frühstück: gebackene Yams, Ackee, Gemüsebananen, Früchte. Sie saßen auf der Veranda und blickten über das Tal. Große Schmetterlinge flatterten leichthin über den Garten, der das Haus umgab. Im hinteren Teil hatte Cecil seine Gewürzbeete angelegt, hier vorne wuchsen Bananenstauden, Fruchtbäume und blühende Hecken. Kolibris schwebten über den Blüten, tauchten ihre Schnäbel tief in die Kelche und tranken. Unter ihren Fußsohlen spürte Maren das warme Holz.

Natürlich sprachen sie miteinander. Aber sie sprachen

nicht viel. Von ihrem Land erzählte Maren nur, daß es dort meist kalt sei wie in einem Kühlschrank und daß die Häuser aus Stein seien. Und daß sie einen Mann gehabt habe, den sie verlassen hatte. Sie hatte keine Lust, Einzelheiten zu berichten. Auch wußte Cecil einiges über Deutschland, von Leuten, die er in Kingston gekannt hatte, sagte er. Dort hatte er früher einen Plattenladen gehabt und eine Familie, eine Frau und eine Tochter. Die Tochter hieß Lilah und war sieben. Einmal im Monat fuhr er in die Stadt und besuchte sie, und wenn sie Ferien hatte, kam sie eine Weile zu ihm.

Maren hatte sich daran gewöhnt, daß auf Jamaika die wenigsten Paare zusammenblieben. Meist waren die Familien über die ganze Insel verstreut, hatten neue Familien gegründet, Kinder der Partner zu sich genommen oder wohnten im Haus der Großeltern. Es war hier normaler als das, was in Europa eine »intakte Familie« genannt wurde. Sie fragte also nicht, warum Cecil sich von seiner Frau getrennt hatte; sie wollte es auch nicht wissen. Es war nicht wichtig. Ein neues Gefühl für sie, fremd, überraschend, wie alles, was sie hier erlebte. Jeden Mann in ihrem »alten« Leben – dem Leben vor Jamaika – hatte sie penibel auf emotionale Einzelheiten verhört, wahrscheinlich, um sich eine Art trügerischer Sicherheit zu verschaffen. Das war nun nicht mehr nötig. Sie hatte sie, die Sicherheit ihres Genusses, ihrer Liebe zu Cecil, ihrer Gier nach seiner Nähe, nach seinem Körper, seiner Stimme, seinen Bewegungen, nach allem, womit er in Berührung kam. Sie verdrängte die Zukunft – es gab sie nicht. Über die Vergangenheit sprachen sie kaum – sie war nicht von Bedeutung. Die Zeit gab ihren Geist auf. Sie zerfiel einfach. In Tageszeiten, Helligkeit, Dunkelheit, in Liebesstunden am Nachmittag und in der Nacht, in Abende auf der Veranda, wo sie saßen und beobachteten, wie die Dunkelheit sich zwischen die Hecken und Bäume senkte und die Kobolde im Gehölz zu tanzen begannen, in das Erwachen am Morgen, wenn der Tag noch frisch war, die Bäume nach einer kühlen, feuchten Nacht willig die Äste gegen den blaßblauen Himmel reckten, die Ebene sich sanftmütig bis zum Meer dehnte und die klare junge Sonne verträumte Muster auf die braune Erde zeichnete, in die Nachmittage, wenn der süße Duft überreifer Mangos in der schweren Luft hing, die grünen Papageien krächzend übers Haus flogen und die Lust aufeinander sie überwältigte, wenn sie sich schweißglänzend in der Hütte wälzten, ihre Körper erkundeten, ineinander eintauchten, sich lockten, reizten, den anderen genüßlich in den Vulkanschlund trieben, den letzten Resten von Scham davonliefen, bis sie in Seen von Säften lagen und ihre Leiber dampften.

Wichtig war es nicht, sich über Gefühle zu unterhalten. Wichtig war, daß Cecil ihr morgens nachsah, wenn sie mit ihrem gelben Handtuch umwickelt den Steinweg zur Dusche entlangging, wo sie sich dann unter den kalten Strahl stellte und ins Tal schaute. Wichtig war es, über das Nachtigallenpaar zu sprechen, das sich tagelang mit leidenschaftlichen und zänkischen Liebesspielen durch den Garten scheuchte. Wichtig war, daß Cecil im

Duett mit Burning Spear »Queen of the Mountain« sang, während er das Huhn fürs Abendessen zubereitete.

Er war ein Mann, der wenig lächelte, selten lachte und so gut wie nie ausgelassen war. Er ruhte auf eine fast unnahbare Weise in sich selbst. Wenn er lachte, war das ein Kompliment für Maren. Er tat es nur kurz, aber sein Lachen hatte einen eigenen Zauber. Es war sehr ernst gemeint.

Er war jedoch keinesfalls schwerfällig oder melancholisch. Als Maren ihn eine Weile kannte, einigte sie sich mit sich auf das Wort »geerdet«. Cecil stand in nächster Verbindung mit der Erde. Wenn er tanzte, tat er dies langsam, wiegend und ungeheuer lässig. Jede seiner Handlungen war von einer klaren Wärme erfüllt, die sich jedoch erst vermittelte, wenn man bereit war, sie zu spüren. Maren sog sie mit allen Sinnen in sich auf und strahlte selbst mit einer Leichtigkeit, die sie in sich nie für möglich gehalten hätte. Keine Kämpfe um Unabhängigkeit, Selbstbehauptung, keine Ängste, zu kurz zu kommen, untergebuttert zu werden. Als sie sich im Haushalt auskannte, brachte sie ihm mit begeisterter Hingabe einen kühlen Drink, wenn er von Lieferungen oder der Arbeit in den Gewürzfeldern zurückkam, massierte seinen Nacken und legte ihm das Ganja für einen abendlichen Joint zurecht.

Nach einigen Tagen hatte sie das Bedürfnis, sich nützlich zu machen, etwas zu arbeiten wie er. Sie begann damit, sich morgens mit den Frauen aus dem Dorf zum Wäschewaschen am Fluß zu treffen. Beim ersten Mal brachte Cecil sie zu der Wäschestelle und überließ sie dann den Frauen, die ihr unter lautem Gekreisch und Gekicher beibrachten, wie man die Wäsche wringen und reiben und auf den warmen Steinen ausschlagen mußte. Sie hörte den Scherzen der Frauen zu und erfuhr viel über das Leben des Dorfes. Die Frauen behandelten sie wie eine gute alte Freundin und mit freundlichem Respekt, denn Cecil war im Dorf sehr geschätzt, und sein Wort hatte Gewicht, wie Maren mehrfach beobachten konnte. Auch die heimlichen Seitenblicke, die die jungen Frauen ihm zuwarfen, entgingen ihr nicht.

Von Cecil lernte sie, wie man Fische zubereitet, wie man sie schuppt, ausnimmt, würzt und brät. Nachdem sie die Arbeit einige Male gemacht hatte, ging sie ihr leicht von der Hand.

Auch einkaufen ging sie bald allein. Sie schlenderte den steinigen, staubigen Weg entlang, vorbei an den knochigen Rindern, die angepflockt auf den Grasstücken weideten, an den Ziegen, die halsbrecherisch die Hänge hochsprangen, sobald sie sie kommen hörten. Die Einheimischen, denen sie begegnete, hoben grüßend die Hand, wortlos oder mit ein paar freundlichen Worten, wenn sie Cecil kannten. Am höflichsten waren die sehr alten Leute mit den verwitterten, zerfurchten Gesichtern; sie lächelten mit hellen Augen und zahnlosen Mündern und grüßten im Stil der ehemaligen Kolonialherren mit »good day« oder »good evening« statt des üblichen »hello«.

Sie traf Männer und Frauen, die zu einem Bündel

verschnürte Lebensmittel oder Holzstöße auf dem Kopf transportierten und vollkommen unangestrengt dahingingen. Die Jugendlichen fuhren mit knatternden Mopeds oder Fahrrädern den unebenen Weg hinauf und riefen ihr schelmisch »hey, white lady« zu. Dann kaufte sie, was sie brauchte und was nicht schwer zu tragen war, in einem der für die Insel typischen Geschäfte, einer Bretterhütte, in der auf einem Holzregal an der Wand bunte Konservendosen aufgestellt waren und in einer Vitrine Kokosbrot, Gewürzkuchen und Kekse lagen. Sie plauderte ein wenig mit dem Besitzer, kaufte sich ein Ginger Beer und trat den Heimweg an. Sie liebte diese Gänge durchs Dorf, genoß es, Besorgungen zu machen; das gab ihr das Gefühl, hierher zu gehören, nie mehr fortgehen zu müssen.

10

Ihre Poren begannen zu ihr zu sprechen, erzählten ihr Geschichten von dem kümmerlichen Dasein, das sie in grauer Vorzeit gefristet hatten, vor Jamaika, vor Cecil, vor der Berührung durch seine rauhen, festen Hände, die sie zum Tanzen, Hüpfen, Quietschen, Jubilieren brachten. Kläglich hatten sie sich gefühlt, bevor sie von seinen dunklen, klaren Augen gesehen worden waren, alten Augen, tiefen Augen, die vieles zu verstehen schienen und den Rest gelassen übersahen. Maren wußte, daß sie Cecil niemals wirklich würde deuten können. Er hatte eine lange Geschichte und barg etwas in sich, wofür sie keine Worte kannte. Schwingungen. Doch sie konnte das hinnehmen, war einverstanden damit, daß sie ihm nicht überallhin folgen, ihm nicht ähnlich sein konnte. Manchmal beunruhigte sie das einen Augenblick, dann wollte sie eine der üblichen oberflächlichen Fragen stellen wie: Was fühlst du gerade? Doch etwas hielt sie immer davon ab. Das war gut so. Ihr Mut, die Fähigkeit, auf verbale Krücken wie bohrende Beziehungsfragen zu verzichten, machten sie stark und sensibel und offen für ihn.

»Du schmeckst nach Ingwer«, murmelte Cecil. Nackt lag er auf dem Bett, entspannt. Die Nachmittagssonne quoll in trägen Streifen durch die halboffenen Lamellenfenster und schmiegte sich an seinen schimmernden Körper.

Maren lag selbstvergessen halb neben ihm, halb auf ihm und streichelte ihn lässig, launisch, ließ ihre Zunge in seinen Mund gleiten, lockte seine Zungenspitze zum prickelnden Reigen hervor. Sie konnte sich an allen Stellen seines Körpers ergötzen, an der häßlichen Narbe auf seinem Oberarm, die er von einem Machetenhieb davongetragen hatte und die wulstig hochstand, schlecht behandelt, an der Haut, die nicht mehr so glatt war, leicht erschlafft. Aber sie wußte, daß sie Cecil auch noch als alten Mann ungeheuer attraktiv finden würde. Unter seiner Haut kochte es. Er verstrahlte eine Art tierischen, wilden Dunst, eine zwingende Männlichkeit.

»Ingwer ist doch dein Lieblingsgewürz, oder?« raunte Maren an seinem Ohr.

Cecil stöhnte leicht. Er hatte die Augen geschlossen, und Maren knabberte, saugte, lutschte besitzergreifend an seinen Brustwarzen. Sie begann ihn zu erhitzen, glitt mit fiebrigen Händen an seinen Flanken entlang; kein Fetzchen Haut entging ihrer Berührung. Sie küßte, leckte, reizte mit fliegenden Fingern jeden Zentimeter, grub ihre Nase in seine Achselhöhlen und sog den scharfen, vertrauten, erregenden Duft ein: gebackene Brotfrucht, Kakaoschale, das Meer an windstillen Tagen. Sie knetete die Muskeln in seinem Nacken, lutschte an seinen Fingern, als seien sie etwas Eßbares, umkreiste mit der Zunge seine Handinnenfläche, glitt dann wie ein Aal in die unteren Bereiche, tat, als bemerke sie den zuckenden Riesenpfahl nicht, der sich ihr fordernd entgegenreckte, umspielte mit raffinierten Fingern die mächtigen Hoden, außer sich vor Bewunderung vor diesem Gehänge. Sie bettete ihren Kopf auf seinen Bauch, doch sein Geschlecht ließ sie nicht los, bis er sie hochzog, sie heftig küßte und seine Hand, ohne Widerspruch zu dulden, von ihrer Scham Besitz ergriff, ihr üppiges Fleisch berührte. Sie rieb ihren knochigen Venushügel an seiner Hand wie ein Fohlen, stöhnte herzerweichend. Er stieg über sie, fütterte ihrer Muschi seinen Pfahl, erkundete ihre Senken, Täler, Rundungen, scheuerte an den Kanten, bettete sich in die Polster, ein gerissener Vulvaforscher, walkte sie weich und machte sie satt und sog ihr die Kraft aus den Adern und spritzte ihr neue ein, ließ sie tanzen ohne Ende. Er spürte, wie sie ihn umschlang und preßte, umfing und drosselte und hetzte, und immer wieder fand er die Senke, aus der sie ihn abstieß und wegschleuderte, um ihn dann wie ein Orkanschlund in den Abgrund zu ziehen, wo er von Meeresmonstern gewürgt wurde, wo Wogen über ihn hereinbrachen, bis er schließlich, ein erfahrener Steuermann, neuen Abenteuern entgegensegelte.

Vor der Nacht hatte sie, wie vor anderen Dingen, keine Angst mehr. Anfänglich war sie erschrocken, wenn sie Tierrufe oder unheimliches Schnarren, Rascheln, Quietschen, Zetern gehört hatte; die Dschungelnacht war niemals still. Die Tiere stöberten einander auf, jagten sich, suchten Nahrung, paarten sich. Doch dann hatte sie die Geräusche deuten gelernt. Cecil hatte gesagt: »Das ist Spot der Hund. Er hat einen Mungo aufgestöbert.« Oder: »Nur eine Eidechse auf dem Dach.« – »Ein Ochsenfrosch.« Sie begann sich sicher zu fühlen an seiner Seite. Sie schlief tief. Sie wußte zwar, daß sie immer eine Art nervöses Bewußtsein für die Gefahren der Natur behalten würde, und sie beneidete Cecil darum, daß er dieses Gefühl offensichtlich nicht kannte. Aber sie wurde nicht mehr starr vor Schreck, sondern hatte das Gefühl: Wir könnten auch hinausgehen und gemeinsam das Tier zum Teufel jagen.

Regennächte dagegen nahmen ihr die allerletzten Bastionen der Scheu, machten sie ungestüm, ja wild, als vernichteten das beständige, heftige Trommeln der Tropfen auf dem Dach, die Wucht der tropischen Güsse die Reste ihrer europäischen Vorbehalte. Sie glitt mit heißen Händen über Cecils Körper, bis er flammte, krallte sich in ihm fest, bog sich ihm schamlos entgegen, wand sich unter ihm und auf ihm wie besessen, stieß ihren Venushügel an ihn, bäumte sich auf und umklammerte mit der ganzen Kraft ihres Schlunds seinen harten Zauberstab, umschlang Cecils Leib, untertänig und herrschsüchtig, verbiß sich in sein Fleisch, jauchzte, schluchzte. Niemand konnte sie hören, nur der tosende Regen, der alle Scham fortschwemmte, und sie kam, immer wieder, bis sie einen ausgebrannten Krater statt eines Unterleibs zu besitzen schien. Ihr Sirup quoll aus ihr heraus wie der Saft einer überreifen Mango, die auf der Erde aufschlägt, und doch sog ihr Inneres gierig seinen Samen auf, als er nach betäubenden Kämpfen schließlich seinen heißen Strahl in ihr abschoß.

Ihre Wimpern fächelten über seinen Arm, ihre feuchten Körper schlängelten aufeinander wie zwei Aale, die Schattenwände waren durchstoßen. Verschlungen wie Lianen, erschöpft, naßglänzend, sanken sie in einen stärkenden Schlaf.

Sie lernte Cecils Großeltern kennen. Von ihnen hatte er viel erzählt, er war bei ihnen aufgewachsen, in einem kleinen Ort in der Nähe. Seine Mutter war sehr jung gewesen, als er geboren wurde, und hatte ihn den Großeltern überlassen. Vom Vater schien er nichts zu wissen, und über seine Mutter schwieg er sich aus; Maren wußte nur, daß sie irgendwo an der Ostküste lebte und daß der Kontakt zwischen den beiden seit langer Zeit abgerissen war.

Cecil holte »Mama« und »Papa«, wie er die Großeltern nannte, anläßlich eines großen Festes in der Nachbarschaft ins Dorf. Eine Ziege sollte geschlachtet werden; es gab zwei Geburtstage zu feiern.

Als Maren auf dem Grundstück eintraf, wehte ihr der Geruch von Holzkohlenfeuer entgegen. Eine junge Frau war an einer Wasserstelle damit beschäftigt, mit einem Gartenschlauch die Gedärme des Tieres zu säubern; sie zog eine Grimasse und winkte Maren lachend zu. Cecil kam ihr strahlend entgegen. Selten hatte sie sein Gesicht so weich und gelöst erlebt. Er legte den Arm um sie und führte sie zu einer schattigen Bank unter einem Brotfruchtbaum, auf der ein altes Paar saß, die Frau mit einem Stock neben sich. Sie hatte ein gütiges, runzliges Gesicht. Ihre Augen blickten klar und vergnügt. Der Mann eroberte Marens Herz im Sturm. Sie fand, daß er Cecil ähnelte, und sie war sicher, daß ihr Liebster in hohem Alter ebenso liebenswert und würdig wirken würde – gebrechlich, aber dennoch stark und männlich.

Die Großmutter zog Maren herzlich in ihre dicken, weichen Arme und rief: »What a sweet girl«; auch der alte Mann umarmte sie liebevoll. Maren war gerührt und dachte wehmütig daran, daß sie keine Großeltern mehr hatte; Großeltern konnten eine ganz andere Wärme und Güte ausstrahlen als die eigenen Eltern. Sie standen über den Dingen und hatten einen untrüglichen, instinktiven Sinn für das Wesentliche.

Sie hockte sich zu den beiden, während Cecil ihnen Drinks holte – Wasser und Soursap-Saft für die beiden, Bier mit Wurzelwein gemischt für Maren. Anfänglich hatte sie dieses Getränk ungenießbar gefunden, denn der Wurzelwein war klebrig, süß und sehr stark, doch die Einheimischen tranken es mit Leidenschaft, und mittlerweile hatte sie es schätzen gelernt.

Grandma erzählte Maren Geschichten aus Cecils Kindheit und Jugend: wie er ein schlimmes Fieber gehabt hatte und sie mit ihm zu einem Buschdoktor nach Montego Bay gefahren waren, der ihn mit Wurzelsud und

Kräutern geheilt hatte; wie er sich als Junge mit einem wilden Mädchen gestritten und die ihm mit der Machete in den Arm gehackt hatte; vom großen Hurrikan, bei dem sie sich unter Tische und Bänke hatten legen müssen und ein Stück vom Dach weggeflogen war.

Ein kleines Mädchen kam angerannt und warf sich an Grandmas mächtigen Busen. Da lag sie dann gemütlich und schielte zu Maren hoch, die sie ein bißchen beneidete. Grandpa zauste der Kleinen die Zöpfchen, und sie quietschte.

Sie aßen das scharfe, würzige Ziegencurry, plauderten, bis die Nacht hereinbrach und ein honiggelber Mond über den Palmen aufstieg, die Grillen und Zikaden ihr Nachtgerassel anstimmten und die Glühwürmchen durchs Gebüsch schwirrten. Hier gab es außer den vielen »moonies«, die wie kleine Monde leuchteten, »blinkies«, Käfer, die silbrig aufflackerten wie kleine Blitzlichtgewitter. Als sie das zum ersten Mal sah, hatte Maren gestaunt wie ein kleines Kind.

Aufgeregt rannten einige Leute hin und her und installierten mit einem Gewirr von verknoteten Kabeln einen großen Kassettenrecorder. Die Bässe dröhnten; die Stimme des unsterblichen Peter Tosh, des Reggae-Sängers, den Maren am meisten verehrte, erklang – sexy, unzähmbar, verspielt und sehnsüchtig, einer der ganz Großen. Schon in München hatte seine Musik sie aufgepeitscht und eine unbestimmbare, schmerzhafte Sehnsucht ausgelöst, die Frank immer mit Verständnislosigkeit und leicht verstört beobachtet hatte. Jahre schienen vergangen zu sein. »Irie, Eberhard«, murmelte sie vor sich hin und lachte Cecil zu, der, lässig die Arme schlenkernd und die Hüften wiegend, neben ihr aufgetaucht war und tanzte.

»Walk in the bush?« fragte Cecil erstaunt.

Maren nickte und erklärte, daß sie wissen wolle, was jenseits des Dorfes war, in dieser scheinbar undurchdringlichen Wildnis. Sie hatte am Ende des Dorfs einen Weg entdeckt, der die überwucherten Berge hinaufführte, aber sie wagte nicht, dort allein zu gehen.

Cecil zuckte die Achseln, zog sich Schuhe und eine lange Hose an. Maren hatte endlich Gelegenheit, ihre Safarihose zu verwenden, stattete sich noch mit Turnschuhen, einer weißen Baumwollbluse und ihrem Armeemesser aus und band sich die Haare zusamen. Cecil bedachte sie mit einem kleinen Lächeln und erzählte boshaft, daß die einzigen wilden Tiere, denen sie begegnen würden, wohl Tausende von ausgehungerten Moskitos waren. Maren kniff ihn in den Arm. Dann marschierten sie los.

Ein Stück des Weges gingen sie neben dem Fluß her, der sich durch das Dorf schlängelte. Die feuerroten Blüten des Tulpenbaums leuchteten in der Nachmittagssonne. Aus den Oleanderbüschen stieg betäubender Vanilleduft auf. Ein Esel scheuerte sich an einem Ackeebaum und beäugte sie stumpf, als sie auf dem steinigen Weg vorbeigingen. Auf einem Moospolster am Flußufer lag ein braunes Kalb, die Mutterkuh stand daneben und graste. Cecil nickte einem kräftigen Jungen zu, der einen Eisblock auf der Schulter trug. Das Licht brach sich in dem Eis, Rinnsale rannen dem Jungen über die Schulter. Er grinste vergnügt.

Sie bogen in den Weg ein, der bergan führte. Sie gingen stetig, sprachen kaum. Die Geräusche des Dorfes verloren sich, sie hörten nur noch Vogelrufe und das Knirschen ihrer Schritte auf den losen Steinen. Die Düfte wurden intensiver, feuchter, erdiger. Sie waren allein. Dann und wann brach ein aufgeschreckter Vogel aus dem Gebüsch und flatterte davon. Maren blieb stehen, wischte sich den Schweiß von der Stirn und verscheuchte die Moskitos, die sich auf sie stürzten. Sie sah sich um. Grüne Wedel, Äste, links und rechts des Wegs nur undurchdringliches Gestrüpp, das sogar einer Machete widerstanden hätte. Sie bemühte sich, Cecil zu folgen, der unbeirrt weitergegangen war. Der Schweiß rann ihr in Strömen den Rücken und die Seiten hinunter, aber sie empfand etwas von dem, was sie sich erhofft hatte. Hier waren nur sie beide und die Lebewesen der Wildnis.

Etwas Glitzerndes stach ihr ins Auge. Sie bückte sich. Ein grünschillernder Käfer von der Größe einer massiven ovalen Brosche. Tot. Zu Dutzenden krabbelten Ameisen um ihn herum, fraßen seine Weichteile. Doch auch tot wirkte der Käfer noch wie ein kostbarer Edelstein.

Cecil war stehengeblieben. Als Maren ihn eingeholt hatte, befand sie sich auf einer Lichtung, einer Art Oase inmitten des abweisenden Buschs. Weiches Gras lud zum Sitzen ein, Bäume standen beisammen, in ihrem Schatten blühten zarte blaue Blumen. Ein kreisender Raubvogel zeichnete schattige Muster auf den lichten Boden, das sonore Summen von Insekten schuf eine schläfrige, weltferne Stimmung.

Maren hockte sich mit einem Seufzer auf einen schrägliegenden, umgestürzten Baumstamm. Cecil drehte sich zu ihr um, kam herüber und zog sie wieder hoch. Er packte ihren Hintern und drückte sie an sich. Sie spürte, wie sich sein Schlangenkopf aufrichtete, und jauchzte leise. Einswerden mit dem Dschungel. Sie begehrte diesen Mann so sehr.

Cecil zerrte an ihrer Bluse, knöpfte sie auf, stieß auf ihre erhitzte, schwitzige Haut, er packte ihre bloßen Brüste, die schutzlos und nackt hervorstanden und ganz stramm waren vor Lust, mit starrenden dunkelroten Nippeln.

Das Grün um sie her begann vor Marens Augen zu tanzen. Cecil riß an seiner Hose, hielt ihr seinen Schwanz entgegen. Dunkel ragte er aus seiner hellen Hose empor; mit der anderen Hand knetete er ihre Brüste, grob, aber es erregte sie maßlos. Sie keuchten beide heftig wie nach langem Lauf. Seine Zunge fuhr in ihren Mund, sie schluckte, lutschte, biß ihn in die Lippe, ihr Becken begann zu kreisen.

»Bitte, bitte«, wimmerte sie.

Cecil bettete sie schräg auf den Baumstamm, riß ihre Hose auf und ihr Höschen halb über ihre Beine, gerade genug, damit er sein gewaltiges Gerät ohne Umschweife in ihre zitternde Blüte stoßen konnte. Sie klammerte sich an ihn, schnappte nach Luft, stöhnte herzzerreißend. Er nahm sie rauh; der Schweiß strömte ihm von der Stirn und tropfte auf ihre Haut, und seine Augen brachen, als er sein Liebeswerkzeug herauszog und es dann mit ganzer Wucht wieder hineinrammte in die schmatzende Höhle. Es kam ihnen beiden mit Gewalt, fast stürzten sie vom Baumstamm. Das Zucken wollte nicht enden. »Jesus«, murmelte Cecil. Keuchend rutschte er aus ihr heraus, einen fremden, wilden Ausdruck im Gesicht. Maren verfolgte eine Weile den Flug eines Bussards mit den Augen, dann erhob sie sich schwerfällig, zog ihr Höschen über ihr noch geschwollenes Geschlechtsteil und knöpfte ihre Bluse zu. Ihre Blicke trafen sich, erst fast scheu, dann lachten sie sich zu.

Manchmal gingen sie ins »Lovers' Café«, das einzige Lokal am Ort. Es gehörte Steve, einem Freund von Cecil, und lag gegenüber dem Süßwasserteich, der verwunschen grünblau leuchtete. Seine Ufer waren mit weißen Wasserlilien und der kriegerischen Crabclaw, einer Pflanze mit spitzen orangenen Fruchtständen, bewachsen. Sie hockten dann auf einer Holzbank, schauten auf den Teich, den etwas Weihevolles umgab, aßen gebratenen, köstlich gewürzten Fisch mit Dumplings, glitschigen nahrhaften Maniokklößen, tranken selbstgebrauten Wurzelwein dazu und plauderten mit Steve. Er hielt sie auf dem laufenden über die Ereignisse des Dorfes. Drei Hütten weiter war eine alte Frau gestorben, erzählte er beispielsweise, sie hatte eine Woche im Kühlschrank der Leichenhalle gelegen, aber nun würde sie aufgetaut und abgetupft und angezogen zur Beerdigung. Dann kämen die Musiker; sie würden die ganze Nacht hindurch Musik machen mit Trommeln, Bambusröhren und Flaschen, damit würden sie die Tote ins Jenseits geleiten. Als Lohn bekämen sie weißen Rum. Den Reichen würde man manchmal Radios mit ins Grab geben, damit sie noch eine Weile Musik hören könnten.

Steve war ein redseliger Bursche mit langen Dreadlocks und einem lauten, ansteckenden Lachen. Vergeblich versuchte er seine zahlreichen Kinder davon abzuhalten, Dinge aus dem Kühlschrank zu stibitzen, und die herumstreunenden Hunde von den Tellern der Gäste fernzuhalten. Er hatte Maren wie eine alte Bekannte empfangen. Sie hatte sich nach kürzester Zeit in dem Dorf wie zu Hause gefühlt. Hin und wieder spürte sie einen Stich, wenn sie daran dachte, daß sie ihre neue Heimat in absehbarer Zeit verlassen mußte. Denn sie war realistisch genug, sich klarzumachen, daß sie hier keine Möglichkeit hatte, Geld zu verdienen, und daß sie nach Deutschland zurückkehren mußte. Cecil würde niemals mitkommen, und sie empfand es selbst als grausam, sich diesen Mann in ihrem Land vorzustellen, zwischen Häusern aus Beton und kontaktgestörten Menschen. Noch nie hatte sie mit Cecil über ihre Abreise gesprochen, aber der Augenblick rückte näher. Sie wußte jedoch, daß sie wiederkommen würde, was auch zu Hause geschehen würde. Sie ertrug die Vorstellung kaum, daß sie morgens ohne Cecil aufwachen, daß sie nicht mehr abends zusammen auf der Veranda sitzen und das Spechtpaar beobachten sollten, das pünktlich nach Sonnenuntergang zu seinem Nistplatz im Avocadobaum zurückkehrte, und die Fledermäuse auf Insektenjagd. Sie sorgte sich nicht um Cecil; er würde traurig sein, aber er stand über den Dingen, er würde die Trennung ertragen können und sie ebenso liebend empfangen, wenn sie zurückkehrte, dessen war sie sich sicher. Natürlich würden da andere sein, bei ihnen beiden; ohne körperliche Zuwendung zu leben war für sie beide unmöglich. Sie sorgte sich um sich selbst. Sie wußte nicht, ob sie in Deutschland nur dahinvegetieren würde. Das mußte ausprobiert werden.

Die Nacht war kühl; tagsüber hatte ein frischer Wind geweht. Die Jamaikaner nennen solche Nächte »lovers' nights«, weil die Liebenden dann enger zusammenrükken.

Maren erwartete Cecil auf dem Bett. Er legte sich zu ihr, und sie machte sich daran, ihn nach allen Regeln der Kunst aufzubringen, ihn hungrig zu machen; mit weichen Lippen und schwärmenden Fingerspitzen umspielte und neckte sie ihn. Sein ganzer Körper sollte pochen und hämmern vor Lust. Lange brauchte sie nicht, um ihn in diesen Zustand zu bringen, er packte sie, küßte sie leidenschaftlich, drängte ihre Beine auseinander, schob sich in sie, nicht bereit, länger zu warten, da er ihre Nässe spürte. Langsam, genüßlich zerdehnt, drang er in sie ein. Sie ächzte und ergab sich dem Prickeln und

Flattern ihrer Muschel, seinen innigen und robusten Stößen, die sie füllten, ihr das Gefühl gaben, durchdrungen, begehrt, vollständig zu sein. Er hielt sie fest umschlungen, und sie lächelte ihn unter halbgeschlossenen Lidern an, die Siegel der Keuschheit waren für immer gebrochen; ihre Herzen trommelten, und ihre Haut klebte aneinander, als sie sich aus ihren Körpern lösten und in die Nachtluft wirbelten. Die Bäume rauschten, und ein Vogel schrie. Ihre Organe ergänzten sich mühelos, ihr Schweiß und ihr Speichel vertrugen sich, und ihre Leiber schienen zwei Hälften ein und derselben Frucht zu sein.

Als der Tag kam, war sie vorbereitet. Sie hatte alles bekommen, was sie sich lange Jahre ihres Lebens gewünscht hatte. Sie war zufrieden, nicht mehr hungrig. Das einzige, was sie nicht haben konnte, war Dauer, Zeitlosigkeit. Es schmerzte, aber es war ein Schmerz, der sich ertragen ließ, weil es ihr an nichts gefehlt hatte. Ihre Haut trug die Tätowierungen ihrer gemeinsamen Lust.

Sie hielten sich lange in den Armen, spürten sich ein letztes Mal. Maren versprach, zurück zu sein, wenn der Jacaranda-Baum blühte. Ohne seine wunderbare violette Blütenpracht war der Baum mit dem poetischen Namen, den sie immer hatte sehen wollen, nur ein unscheinbares Geäst. In einigen Monaten war seine Zeit.

Sie ging noch einmal durch den Garten, stellte fest, daß die Bananenstaude vor der Veranda am Morgen ein neues, samtigglattes zartgrünes Blatt entfaltet hatte. Dann trug Cecil ihr Gepäck zur Brücke und machte sie mit dem Freund bekannt, der dort mit einem Wagen wartete, um sie abzuholen. Sie verabschiedeten sich. Kurz. Der Wagen rumpelte auf den Weg, Maren riß an dem getönten Fenster, um Cecil nachzuschauen. Als es endlich einen Spalt weit offen war, sah sie ihn oben an der Treppe, unbewegt wie damals. Dann war er verschwunden. »Him a real good man«, sagte der Freund, den sie Salty nannten. »Respect, my lady.«

Cecil hatte ihr zum Abschied einen kleinen Stab aus schwarzer Koralle geschenkt. Schimmernd hing er an einem Kettchen über ihren Brüsten, und sie berührte ihn leicht mit den Fingerspitzen.